EUROPA ERLESEN | HERAUSGEGEBEN VON LOJZE WIESER

EUROPA ERLESEN
RHEINLAND

Herausgegeben
von
Klemens Peterhoff

Wieser *Verlag*

Wieser Verlag
A-9020 Klagenfurt/Celovec, Ebentaler Straße 34b
Telefon: +43(0)46337036 Fax: +43(0)46337635
e-mail: office@wieser-verlag.com
Homepage: http://www.wieser-verlag.com

•

Der Verlag dankt den Inhabern der Rechte für die Genehmigung zum Abdruck der Texte. Für einige Texte waren die Inhaber der Rechte leider nicht zu ermitteln; Rechteinhaber dieser Texte werden gebeten, sich an den Verlag zu wenden.

Die Titel wurden zum Teil vom Herausgeber gewählt.

ISBN 3 85129 398 3

Ante scriptum

Die Zunge reicht weiter als die Hand. Karl Dedecius' Ausspruch ist heute aktueller denn je. Gerade nach dem größten Erweiterungsschritt zur europäischen Einigung wird die Kultur, und darin insbesondere die Literatur, eine wichtige Rolle einnehmen.

Sich kennen heißt unter anderem, sich gegenseitig zu verstehen und daher lesen zu können. Der Wieser Verlag hat in den vergangenen fast zwei Jahrzehnten den verschiedensten Sprachen des europäischen Kontinents in deutschen Übertragungen ein Spiegelbild gegeben. Damit wurde der jeweiligen Sprache und Kultur mit Achtung begegnet und im geschriebenen Wort das für die eigene Seele notwendige Ruhebett gefunden.

Lesen Sie weiter, erkunden Sie mit EUROPA ERLESEN diesen nahen, fernen Kontinent, oder streifen Sie in die Ferne und folgen in der Reihe ORIENT ERLESEN der unbekannten Nähe.

Ich würde mich freuen, Ihnen auf diesen Streifzügen durch die Wortlandschaften zu begegnen.

Lojze Wieser

Inhalt

FRIEDRICH HÖLDERLIN

(1770–1843)

Der Rhein

Im dunkeln Efeu saß ich, an der Pforte
Des Waldes, eben, da der goldene Mittag,
Den Quell besuchend, herunterkam
Von Treppen des Alpengebirgs,
Das mir die göttlichgebaute,
Die Burg der Himmlischen heißt
Nach alter Meinung, wo aber
Geheim noch manches entschieden
Zu Menschen gelangt; von da
Vernahm ich ohne Vermuten
Ein Schicksal …

Tief unter den silbernen Gipfeln
Und unter fröhlichem Grün,
Wo die Wälder schauernd zu ihm,
Und der Felsen Häupter übereinander
Hinabschaun, taglang, dort
Im kältesten Abgrund hört
Ich um Erlösung jammern
Den Jüngling, es hörten ihn, wie er tobt',
Und die Mutter Erd anklagt',
Und den Donnerer, der ihn gezeuget,
Erbarmend die Eltern, doch
Die Sterblichen flohn von dem Ort,
Denn furchtbar war, da lichtlos er
In den Fesseln sich wälzte,
Das Rasen des Halbgotts.

Die Stimme wars des edelsten der Ströme,
Des freigeborenen Rheins,
Und anderes hoffte der, als droben von den Brüdern,
Dem Tessin und dem Rhodanus,
Er schied und wandern wollt, und ungeduldig ihn
Nach Asia trieb die königliche Seele.
Doch unverständig ist
Das Wünschen vor dem Schicksal.
Die Blindesten aber
Sind Göttersöhne. Denn es kennet der Mensch
Sein Haus und dem Tier ward, wo
Es bauen solle, doch jenen ist
Der Fehl, dass sie nicht wissen wohin,
In die unerfahrne Seele gegeben.

Ein Rätsel ist Reinentsprungenes. Auch
Der Gesang kaum darf es enthüllen. Denn
Wie du anfingst, wirst du bleiben,
So viel auch wirket die Not,
Und die Zucht, das meiste nämlich
Vermag die Geburt,
Und der Lichtstrahl, der
Dem Neugebornen begegnet.
Wo aber ist einer,
Um frei zu bleiben
Sein Leben lang, und des Herzens Wunsch
Allein zu erfüllen, so
Aus günstigen Höhn, wie der Rhein,
Und so aus heiligem Schoße
Glücklich geboren, wie jener?

Drum ist ein Jauchzen sein Wort.
Nicht liebt er, wie andere Kinder,

In Wickelbanden zu weinen;
Denn wo die Ufer zuerst
An die Seit ihm schleichen, die krummen,
Und durstig umwindend ihn,
Den Unbedachten, zu ziehn
Und wohl zu behüten begehren
Im eigenen Zahne, lachend
Zerreißt er die Schlangen und stürzt
Mit der Beut und wenn in der Eil
Ein Größerer ihn nicht zähmt,
Ihn wachsen lässt, wie der Blitz, muss er
Die Erde spalten, und wie Bezauberte fliehn
Die Wälder ihm nach und zusammensinkend die
Berge.

Ein Gott will aber sparen den Söhnen
Das eilende Leben und lächelt,
Wenn unenthaltsam, aber gehemmt
Von heiligen Alpen, ihm
In der Tiefe, wie jener, zürnen die Ströme.
In solcher Esse wird dann
Auch alles Lautre geschmiedet,
Und schön ists, wie er drauf,
Nachdem er die Berge verlassen,
Stillwandelnd sich im deutschen Lande
Begnüget und das Sehnen stillt
Im guten Geschäfte, wenn er das Land baut,
Der Vater Rhein, und liebe Kinder nährt
In Städten, die er gegründet. …

CARL ZUCKMAYER

(1896–1977)

Sprache, Strom und Leben

Auszüge aus einer Stegreif-Ansprache, gehalten am 31. August 1952 im Gasthaus »Zum Schiff« in Nackenheim am Rhein

Mir ist heut morgen im Halbschlaf ein merkwürdiger Vergleich eingefallen zwischen der Sprache, wie sie durch das Leben eines Schriftstellers zieht, und einem Strom wie dem Rheinstrom, der aus Quellen kommt, die ganz verschieden sind von dem, was wir hier in Nackenheim sehen. Der durch die verschiedenartigsten und merkwürdigsten Landschaften zieht, der große Biegungen und Windungen macht, der kanalisiert wird, der sich durch Engen bricht, der sich seine Bahn sucht, sein Bett, und wieder enger wird und wieder weiter und schließlich irgendwo mit großem Delta, mit großem Auseinanderlaufen seiner einzelnen Arme, in ein Meer, in die Nordsee mündet. Und so ist unser Sprachstrom, in dem der Dichter nicht etwa schwimmt, sondern selber das Wasser ist, die Welle, der Stoff.

Dieser Sprachstrom ist unser Leben. Aber nicht etwa die großen Dinge, die sich darin spiegeln, sind wichtig. Nicht etwa der Rheinfall bei Schaffhausen oder Xanten oder eine Kaiserpfalz oder eine wunderbare Burg oder der Kölner Dom, nicht die großen und mächtigen Dinge, die auch da sind und ihre Bedeutung, ihren Akzent haben. Entscheidender und viel wichtiger ist das einfache Leben dieses Stromes selbst. Das ist das, was hier bei uns an der Au vorbeifließt, das ist das, was durch den Altrhein in kleinen Bächen geht, wo die Fischreiher drin stehen, wo die Weidenzweige hineinhängen, wo die Algen drin treiben, das ist das, wo auch mal ein totes Tier drin schwimmt, ein Hund, eine Katze, und wieder untergeht und dann doch wieder Speise wird für die davon lebenden Fische und nicht wirklich zugrunde geht. Dieses Ganze eines Stromes und vor allen Dingen sein einfaches und schlichtes Leben hier draußen, direkt vorm »Schiff«, da wo wir sind, wo die Pappeln stehen, wo die Ufer sandig und einfach sind, wo die Straße entlang läuft, wo die Schiffe anlegen.

Diese Art von Strom, das ist das Leben, das ist das, was der Schriftsteller eigentlich in sich trägt. Das ist die Sprache, das ist die Wirklichkeit, und das ist gleichzeitig auch das Bild des geheiligten Ganzen, das ist das, was von einer Quelle bis zu einer Mündung geht, nach einem geheimen Ruf und Gesetz, das wir nicht kennen.

GEORGE GORDON NOEL BYRON

(1788–1824)

Das Tal

Weit droht ins offne Rheingefild
Der turmbezinnte Drachenstein;
Die breite Brust der Wasser schwillt
An Ufern hin, bekränzt von Wein,
Und Hügeln, reich an Blüt und Frucht
Und Au'n, wo Traub und Korn gedeihn,
Und Städten, die an jeder Bucht
Schimmern im hellen Sonnenschein:
Ein Zauberbild! Doch fänd ich hier
Zwiefache Lust, wärst du bei mir!

Und manche blonde Bäuerin
Mit Frühlingsblumen in der Hand
Geht lächelnd durch dies Eden hin;
Hoch oben blickt vom Felsenrand
Durch grünes Laub das Räubernest,
Und manches Riff mit schroffer Wand
Und kühnen Bogens stolzer Rest
Schaun weit hinaus ins Rebenland;
Nur eines fehlt dem schönen Rhein:
Dein Händedruck – ich bin allein!

Die Lilien, welche ich empfing,
Send ich zum Gruße dir ins Haus;
Wenn auch ihr Duft und Schmelz verging,
Verschmähe nicht den welken Strauß!

Ich hielt ihn hoch, ich weiß es ja,
Wenn deine Augen bald ihn sehn,
Dann ist mir deine Seele nah:
Gesenkten Hauptes wird er stehn
Und sprechen: Von dem Tal des Rheins
Schickt diesen Gruß sein Herz an deins.

Der stolze Strom erbraust und fließt,
Der Schmuck in diesem Zaubergrund;
In tausend Windungen erschließt
Sich neue Schönheit, reich und bunt.
Wer wünschte nicht mit Herz und Mund
Ein Leben lang zu rasten hier?
Kein Raum wär auf dem Erdenrund
So teuer der Natur und mir,
Wenn deine lieben Augen nur
Noch holder machten Strom und Flur.

HILDEGARD VON BINGEN

(1098–1179)

Wasser vom Rhein

De Rheno. Weil der Rhein das Meer mit Ungestüm verlässt, ist er scharf wie eine Lauge. Wenn man ungekochtes Rheinwasser trinkt, zehrt es die schädlichen Säfte im Menschen auf. Findet es nichts vor, was es reinigen könnte, so zehrt es am gesunden Menschen selbst. Speisen, die in Rheinwasser gekocht werden, entzieht es die schädlichen Stoffe und macht sie dadurch gesünder. Wenn man es sich beim Baden oder Waschen über das Gesicht gießt, bläht es das Fleisch auf, lässt es anschwellen, schwärzt und entstellt es. Auch Fleisch, das in ihm gekocht wird, schwärzt es und bläht es auf. Das Rheinwasser ist rauh und durchdringt die Haut des Menschen schnell. Weil es so rauh ist, faulen auch Fische schnell, wenn man sie liegen lässt; frisch gefangen sind sie aber sehr zuträglich.

HEINRICH BÖLL

(1917–1985)

Undines gewaltiger Vater

Ich bin bereit, dem Rhein alles zu glauben, nur seine sommerliche Heiterkeit habe ich ihm nie glauben können; ich habe diese Heiterkeit gesucht, aber nie gefunden; vielleicht ist es ein Augenfehler oder ein Gemütsfehler, der mich hinderte, diese Heiterkeit zu entdecken.

Mein Rhein ist dunkel und schwermütig, ist zu sehr Fluss händlerischer Schläue, als dass ich ihm sein sommerliches Jünglingsgesicht glauben könnte.

Ich bin mit den weißen Schiffen gefahren, über die Rheinhöhen gegangen, mit dem Fahrrad von Mainz bis Köln, von Rüdesheim bis Deutz, von Köln bis Xanten gefahren, im Herbst, im Frühjahr und im Sommer, ich habe während des Winters in kleinen

Hotels gewohnt, die nahe am Fluss lagen, und mein Rhein war nie der Sommerrhein.

Mein Rhein ist der, den ich aus meiner frühesten Kindheit kenne: ein dunkler, schwermütiger Fluss, den ich immer gefürchtet und geliebt habe; drei Minuten nur von ihm entfernt bin ich geboren; ich konnte noch nicht sprechen, soeben laufen, da spielte ich schon an seinen Ufern: Bis zu den Knien wateten wir im Laub der Alleebäume, suchten nach unseren Papierrädern, die wir dem Ostwind anvertraut hatten, der sie zu schnell für unsere Kinderbeine, westwärts trieb, auf die alten Festungsgräben zu.

Es war Herbst, Sturm herrschte, Regenwolken und der bittere Rauch der Schiffsschornsteine hingen in der Luft; abends war Windstille, Nebel lag im Rheintal, dunkel tuteten die Nebelhörner, rote, grüne Signallichter an den Mastkörben schwebten wie auf Gespensterschiffen vorbei, und wir beugten uns über die Brückengeländer und hörten die hellen, nervösen Signalhörner der Flößer, die rheinabwärts fuhren.

Winter kam: Eisschollen, so groß wie Fußballplätze, weiß, mit einer hohen Schneeschicht bedeckt; still war der Rhein an diesen klaren Tagen; die einzigen Passagiere waren die Krähen, die sich von den Eisschollen in Richtung Holland treiben ließen, auf ihren riesigen, phantastisch eleganten Taxis ruhig dahinfahrend.

Viele Wochen lang blieb der Rhein still: schmale, graue Wasserrinnen nur zwischen den großen, weißen Schollen. Möwen segelten unter den Brückenbogen her, Schollen brachen sich splitternd an den Pfeilern, und im Februar oder März warteten wir atemlos auf die große Drift, die vom Oberrhein kam. Arktisch anmutende Eismassen kamen von dort oben und man konnte nicht glauben, dass dies ein Fluss ist, an dem Wein wächst, guter Wein. Vielschichtig schob sich das krachende, splitternde Eis an Dörfern und Städten vorbei, riss Bäume um, drückte Häuser ein, kam gelöster, schon weniger gefährlich nach Köln. Zweifellos, es gibt zwei Rheine: den oberen, den Weintrinkerrhein, den unteren, den Schnapstrinkerrhein, den man weniger kennt und für den ich plädiere; ein Rhein, der sich mit seinem Ostufer nie so recht ausgesöhnt hat, bis heute nicht; wo früher die Opferfeuer der Germanen rauchten, rauchen jetzt die Schornsteine, von Köln rheinabwärts bis weit nördlich Duisburg: rote, gelbe, grüne Flammen, die gespenstische Kulisse großer Industrien, während das westliche, das linke Ufer mehr noch einem Hirtenufer gleicht: Kühe, Weidenbäume, Schilf und die Spuren römischer Winterlager; hier standen sie, die römischen Soldaten, starrten auf das unversöhnliche Ostufer; opferten der Venus, dem Dionys, feierten die Geburt der Agrippina: Ein rheinisches Mädchen war die Tochter des Germanicus, Enkelin Caligulas, Mutter Neros, Frau und Mörderin des Claudius, später von ihrem Sohn Nero ermordet. Rheinisches Blut in den Adern Neros!

Geboren war sie inmitten von Kasernen: Reiterkasernen, Matrosenkasernen, Fußvolkkasernen, und im Westend auch damals schon die Villen der Händler, Verwaltungsbeamten, Offiziere, Warmwasserbäder, Schwimmhallen; noch hat die Neuzeit diesen Luxus nicht ganz eingeholt, der zehn Meter unter den Spielplätzen unserer Kinder im Schutt der Jahrhunderte begraben liegt.

Zu viele Heere hat dieser Fluss gesehen, der alte, grüne Rhein, Römer, Germanen, Hunnen, Kosaken, Raubritter – Sieger und Besiegte, und, als letzte Boten der sich vollziehenden Geschichte, die den weitesten Weg hatten: die jungen aus Wisconsin, Cleveland oder Manila, die den Handel fortsetzten, den römische Söldner um das Jahr Null herum begonnen hatten. Zuviel Handel, zuviel Geschichte hat dieser breite, grünlichgrau dahinfließende Rhein gesehen, als dass ich ihm sein sommerliches Jünglingsgesicht glauben könnte. Glaubhafter ist seine Schwermut, seine Dunkelheit; auch die düsteren Ruinen der Raubritterburgen auf seinen Bergen sind nicht Relikte eines sehr fröhlichen Interregnums. Römischer Flitter wurde im Jahre Null hier gegen germanische Frauenehre getauscht und im Jahr 1947 Zeißgläser gegen Kaffee und Zigaretten, die kleinen, weißen Räucherstäbchen der Vergänglichkeit. Nicht einmal die Nibelungen, die dort wohnten, wo der Wein wächst, waren ein sehr fröhliches Geschlecht, Blut war ihre Münze, deren eine Seite Treue, deren andere Verrat war. Der Weintrinkerrhein hört ungefähr bei Bonn auf, geht dann durch eine Art Quarantäne, die bis Köln reicht; hier fängt der Schnapstrinkerrhein an; das mag für viele bedeuten, dass der Rhein hier aufhört. Mein Rhein fängt hier an, er wechselt in Gelassenheit und Schwermut über, ohne das, was er oben gelernt und gesehen hat, zu vergessen, immer ernster wird er auf seine Mündung zu, bis er in der Nordsee stirbt, seine Wasser sich mit denen des großen Ozeans mischen; der Rhein der lieblichen mittelrheinischen Madonnen fließt auf Rembrandt zu und verliert sich in den Nebeln der Nordsee.

Mein Rhein ist der Winterrhein, der Rhein der Krähen, die auf Eisschollen nordwestwärts ziehen, den Niederlanden zu, ein Brueghel-Rhein, dessen Farben Grüngrau sind, Schwarz und Weiß, viel Grau, und die bräunlichen Fassaden der Häuser, die sich erst wieder auftakeln, wenn der Sommer naht; der stille Rhein, der noch elementar genug ist, sich die Emsigkeit der Hermes-Anbeter für einige Wochen wenigstens vom Leibe zu halten, und souverän sich selbst beherrscht, nur Vögeln, Fischen und Eisschollen sein altes Bett überlässt. Und ich habe immer noch Angst vor dem Rhein, der im Frühjahr böse werden kann, wenn Hausrat im Fluss dahintreibt, ertrunkenes Vieh, entwurzelte Bäume; wenn auf die Uferbäume Plakate mit dem roten Wort Warnung geklebt werden, die lehmigen Fluten steigen, wenn die Ketten, an denen die mächtigen schwimmenden Bootshäuser befestigt sind, zu reißen drohen, Angst vor dem Rhein, der unheimlich und so sanft durch die Träume der Kinder murmelt, ein dunkler Gott, der bewiesen haben will, dass er noch Opfer fordert: heidnisch, Natur, nichts von Lieblichkeit, wird er breit wie ein Meer, dringt in Wohnungen ein, steigt grünlich in den Kellern hoch, quillt aus Kanälen, brüllt unter Brückenbogen dahin: Undines gewaltiger Vater.

ERNST STADLER

(1883–1914)

Fluss im Abend

Der Abend läuft den lauen Fluss hinunter,
Gewittersonne übersprengt die Ufersenkung bunter.
Es hat geregnet. Alle Blätter dampfen Feuchte.
Die Weidenwildnis streckt mit hellen Tümpeln sich ins witternde Geleuchte.
Weiße Nebel sich ins Abendglänzen schwingen.
Unterm seichten Fließen dumpf und schrill die mitgezognen Kiesel klingen.
Die Pappeln stehn im Licht, traumgroße Kerzen dick mit gelbem Honigseim beträuft –
Mir ist, als ob mein tiefstes Glück durch grüne Ufer in den brennenden Gewitterabend läuft.

GUILLAUME APOLLINAIRE

(1880–1918)

Rheinische Nacht

In meinem vollen Glas bebt flammengleich der Wein
Hört wie ein Schiffer sacht erzählt in seinem Sang
Wie er wohl sieben Fraun gesehn im Mondenschein
Flechten ihr grünes Haar bis an die Füße lang

Steht auf und lauter singt und hebt den Rundtanz an,
Damit ich nur das Lied des Schiffers nicht mehr hör,
Die blonden Mädchen holt an meine Seite dann
Die mit dem festen Blick, das Haupt von Zöpfen schwer

Denn trunken ist der Rhein, dort spiegeln sich die Reben
Und aller Nächte Gold versinkt im Wellenbeben
Noch immer aber tönt die Stimme todesbang
Von grüngehaarten Feen die Zaubernacht entlang

Und als mein Glas zerbrach es wie Gelächter klang

VICTOR HUGO

(1802–1885)

Schiffe auf dem Rhein 1840

Der Reisende, der den Fluß hinanfährt, sieht ihn sozusagen sich entgegenkommen und genießt so das schönste Schauspiel. In jedem Augenblick begegnet uns etwas: bald ein schmaler, spitziger Nachen, schrecklich auf den Wellen tanzend, dergestalt ist er mit Bauern angefüllt, besonders wenn es Sonntag ist, wo diese guten katholischen, von den Hugenotten beherrschten Uferanwohner oft sehr weit ihre Messe suchen müssen; bald ein bewimpeltes Dampfschiff; bald ein langes Fahrzeug mit zwei dreieckigen Segeln, das den Rhein mit seiner Fracht, die unter dem großen Mast aufgetürmt liegt, herabschwimmt, mit seinem aufmerksamen und ernsten Steuermann, mit seinen geschäftigen Matrosen, mit einer Frau vor der Kajüte sitzend und mit der Lade der Schiffsleute, die sich inmitten der Warenballen befindet und die rot, grün und blau angestrichen ist. Oder es sind lange Schleppfahrten, die schwere Schiffe langsam gegen den Strom ziehen, oder ein einzelnes mutiges Pferd, das einen großen Verdecknachen wie eine Ameise einen toten Käfer fortzieht.

Im gegenwärtigen Augenblick befahren fünfundzwanzig Dampfschiffe täglich den Rhein. Die neunzehn Schiffe der Kölner Gesellschaft, an ihren schwarzen Schornsteinen kenntlich, gehen von Straßburg bis Düsseldorf; die sechs Dampfschiffe der Düsseldorfer Gesellschaft mit schwarz-weißen Schornsteinen fahren von Mainz bis Rotterdam. Diese große Schifffahrt knüpft sich an die Schweiz durch das Dampfschiff von Straßburg nach Basel und an England durch die »Steamboats« zwischen Rotterdam und London.

Die alte rheinische Schiffahrt, die in den Segelschiffen fortlebt, bildet zu der neuen Schiffahrt, die durch die Dampfschiffe repräsentiert wird, einen starken Gegensatz. Die Dampfschiffe, kokett, lachend, elegant, bequem, rasch, bewimpelt und beflaggt mit den Farben von zehn Nationen wie z. B. England, Preußen, Nassau, Hessen, Baden, Holland etc., sind alle nach Städten oder Fürsten benannt: Ludwig II., Großherzog von Hessen; Königin Viktoria; Herzog von Nassau; Prinzessin Marianne; Großherzog von Baden; Stadt Mannheim; Stadt Koblenz. Die Segelschiffe ziehen langsam dahin und tragen ernste und milde Namen am Bug: Pius, Kolumbus, Amor, Sancta Maria, Gratia Dei. Die Dampfschiffe sind gefirnißt und vergoldet, die Segelschiffe dagegen nur geteert. Das Dampfschiff ist eine Spekulation, das Segelschiff erinnert noch an die alte, mühselige und gläubige Schifffahrt. Das eine fährt dahin und läßt eine Aufforderung, das andere ein Gebet ergehen. Das erstere zählt auf den Menschen, das letztere auf Gott.

Dieser lebendige und schlagende Gegensatz kreuzt und begegnet sich zu jeder Stunde auf dem Rhein.

In diesem Gegensatz atmet mit seltener Wirklichkeitskraft das doppelte Antlitz unserer Zeit, die die Tochter einer religiösen Vergangenheit ist und sich zur Mutter einer industriellen Zukunft berufen glaubt.

JOACHIM RINGELNATZ

(1883–1934)

Rheinkähne

Den Rhein durchgleiten die großen
Kähne. Breit und flach.
Es sitzen zwei Badehosen
Auf dem hintersten Dach

In diesen Hosen stecken
Zwei Männer, nackt und braun,
Die lieben das Tempo der Schnecken
Und schimpfen auf ihre Fraun.

Und mustern die fremden Weiber,
Die strandlängs promeniern.
Glauben doch oft nackte Leiber,
Dass sie an sich imponiern

Wie ausgetretene Schuhe
Sind diese Kähne. Hat jeder Kahn
Solch friedlich häusliche Ruhe,
Hat keiner das Getue
Der preußischen Eisenbahn.

In jedem Kinderwagen
Am Strande rollt ein Kind.
Keins dieser Kinder wird fragen,
Was Schlepperkähne sind.

CHRISTIAN MORGENSTERN

(1871–1914)

Der Salm

Ein Rheinsalm schwamm den Rhein
Bis in die Schweiz hinein.

Und sprang den Oberlauf
Von Fall zu Fall hinauf.

Er war schon weißgottwo
Doch eines Tages – oh!

Da kam er an ein Wehr:
Das maß zwölf Fuß und mehr!

Zehn Fuß – die sprang er gut!
Doch hier zerbrach sein Mut.

Drei Wochen stand der Salm
Am Fuß der Wasser-Alm.

Und kehrte schließlich stumm
Nach Deutsch- und Holland um.

PUBLIUS CORNELIUS TACITUS

(~55–120 n. Chr.)

Die Grenzen Germaniens

1. Germanien insgesamt ist von den Galliern, von den Rätern und Pannoniern durch Rhein und Donau, von den Sarmaten und Dakern durch wechselseitiges Misstrauen oder Gebirgszüge geschieden. Die weiteren Grenzen schließt das Weltmeer ein, breite Landvorsprünge und Inseln von unermesslicher Ausdehnung umfassend: erst unlängst wurden einige Völkerschaften und Könige bekannt, zu denen der Krieg den Zugang eröffnet hat.

Der Rhein, auf unzugänglicher und schroffer Berghöhe der Rätischen Alpen entspringend, wendet sich in mäßiger Biegung nach Westen und mündet sodann in das Nordmeer…

Ursprung und Name der Germanen

2. Die Germanen selbst sind, möchte ich meinen, Ureinwohner und von Zuwanderung und gastlicher Aufnahme fremder Völker gänzlich unberührt. Denn ehemals kam nicht auf dem Landwege, sondern zu Schiff gefahren, wer neue Wohnsitze suchte, und das Weltmeer, das ins Unermessliche hinausreicht und sozusagen auf der anderen Seite liegt, wird nur selten von Schiffen aus unserer Zone besucht. Wer hätte auch, abgesehen von den Gefahren des schrecklichen und unbekannten Meeres, Asien oder Afrika oder Italien verlassen und Germanien aufsuchen wollen, landschaftlich ohne Reiz, rauh im Klima, trostlos für den Bebauer wie den Beschauer, es müsste denn seine Heimat sein?

In alten Liedern, der einzigen Art ihrer geschichtlichen Überlieferung, feiern die Germanen Tuisto, einen erdentsprossenen Gott. Ihm schreiben sie einen Sohn Mannus als Urvater und Gründer ihres Volkes zu ... Die Bezeichnung Germanien sei übrigens neu und erst vor einiger Zeit aufgekommen. Denn die ersten, die den Rhein überschritten und die Gallier vertrieben hätten, die jetzigen Tungrer, seien damals Germanen genannt worden. So habe der Name eines Stammes, nicht eines ganzen Volkes, allmählich weite Geltung erlangt: zuerst wurden alle nach dem Sieger, aus Furcht vor ihm, als Germanen bezeichnet, bald aber nannten auch sie selbst sich so, nachdem der Name einmal aufgekommen war.

Herkules und Odysseus bei den Germanen

3. Auch Herkules, berichtet man, sei bei ihnen gewesen, und sie singen von ihm als dem ersten aller Helden,

wenn sie in den Kampf ziehen. Außerdem haben sie noch eine Art von Liedern, durch deren Vortrag, Barditus geheißen, sie sich Mut machen, und aus deren bloßem Klang sie auf den Ausgang der bevorstehenden Schlacht schließen; sie verbreiten nämlich Schrecken oder sind selbst in Furcht, je nachdem es durch ihre Reihen tönt, und sie halten den Gesang weniger für Stimmenschall als für den Zusammenklang ihrer Kampfeskraft. …

Übrigens meinen einige, auch Odysseus sei auf seiner langen und sagenhaften Irrfahrt in das nördliche Weltmeer verschlagen worden und habe die Länder Germaniens besucht. Asciburgium, ein noch heute bewohnter Ort am Ufer des Rheins, sei von ihm gegründet und benannt worden; ebendort will man sogar vor Zeiten einen dem Odysseus geweihten Altar gefunden haben, auf dem auch der Name seines Vaters Laërtes stand, und noch heute gebe es im Grenzgebiet zwischen Germanien und Rätien Grabdenkmäler mit griechischen Schriftzeichen. Ich habe nicht die Absicht, diese Angaben durch Gründe zu bestätigen oder zu widerlegen; jeder mag ihnen nach seinem Gutdünken Glauben schenken oder nicht.

CARL ZUCKMAYER

(1896–1977)

Alter Adel

HARRAS: Sie finden doch meine Witze empörend, und meine politische Haltung skandalös: Oder?
HARTMANN: Ich habe mir darüber kein Urteil zu erlauben.
HARRAS: Aber Sie erlauben sich eins! Nur nicht kneifen, mein Junge! Ich weiß, was Sie denken, und sehn Sie, ich nehm's Ihnen noch nicht mal krumm. Denn das sind ja nicht Ihre eignen Gedanken. Das ist nur, was man in Sie hineingestopft hat. Ihre Parteierziehung, die sagt Ihnen, es ist eine Schande mit dem Harras. Aber Ihr besseres Ich, das hat seine leisen Zweifel, wie jedes bessere Ich. Und jetzt will ich Ihnen was sagen, Hartmann. Jetzt wollen wir mal den ganzen Stiebel vergessen und so tun, als ob wir Menschen wären. Ja? Vergessen Sie bitte, dass ich Ihr General bin, und dass wir verschiedene Ansichten haben und aus verschiedenen Fässern abgezogen sind, denken Sie einfach, wir wären beide in Zivil, und alte Freunde, und in dieselbe dusselige Schule gegangen. Können Sie sich das für fünf Minuten vorstellen?
HARTMANN: Nein, Herr General!
HARRAS *seufzend:* Ein guter Anfang. Dann will ich's anders fassen. Wenn ich jetzt irgend etwas sagen oder fragen sollte, was mich nichts angeht, oder worüber Sie nicht reden wollen, dann sagen Sie einfach: Schnauze. Werden Sie das tun?

HARTMANN *leicht lächelnd:* Ich glaube kaum, Herr General.
HARRAS: Sie sind ein schwieriger Junge. Mit Ihnen kann man nur Fraktur reden. Alsdann. Was ist mit der kleinen Mohrungen? Seid ihr ernstlich verkracht, oder ist es nur eine Kiste?
HARTMANN *unbewegt, mit einer fast maskenhaften Starrheit:* Es ist aus, Herr General. Fräulein von Mohrungen hat die Verlobung gelöst. Das heißt, wir waren noch nicht offiziell verlobt. Aber der Herr Präsident war einverstanden.
HARRAS: So. Hm. Warum denn?
HARTMANN *stockend, aber immer im Ton eines militärischen Rapports:* Wegen einer Unklarheit in meinem Stammbaum, Herr General. Meine Familie kommt nämlich vom Rhein. Eine meiner Urgroßmütter scheint vom Ausland gekommen zu sein. Man hat das öfters in rheinischen Familien. Sie ist unbestimmbar. Die Papiere sind einfach nicht aufzufinden.
HARRAS *hat sich auf die Lippen gebissen, brummt vor sich hin:* So so. Daran liegt's. Da läuft so ein armer Junge mit einer unbestimmbaren Urgroßmutter herum. *In aufsteigender Wut.* Na, und was wissen Sie denn über die Seitensprünge der Frau Urgroßmutter? Die hat doch sicher keinen Ariernachweis verlangt. ... Oder sind Sie womöglich gar ein Abkömmling von jenem Kreuzritter Hartmann, der in Jerusalem in eine Weinfirma eingeheiratet hat?
HARTMANN *sachlich:* So weit greift die Rassenforschung nicht zurück, Herr General.
HARRAS: Muss sie aber! Muss sie! Wenn schon, denn schon! Denken Sie doch – was kann da nicht

alles vorgekommen sein in einer alten Familie. Vom Rhein noch dazu. Vom Rhein. Von der großen Völkermühle. Von der Kelter Europas! *Ruhiger.* Und jetzt stellen Sie sich doch mal Ihre Ahnenreihe vor seit Christi Geburt. Da war ein römischer Feldhauptmann, ein schwarzer Kerl, braun wie ne reife Olive, der hat einem blonden Mädchen Latein beigebracht. Und dann kam ein jüdischer Gewürzhändler in die Familie, das war ein ernster Mensch, der ist noch vor der Heirat Christ geworden und hat die katholische Haustradition begründet. Und dann kam ein griechischer Arzt dazu, oder ein keltischer Legionär, ein Graubündner Landsknecht, ein schwedischer Reiter, ein Soldat Napoleons, ein desertierter Kosak, ein Schwarzwälder Flößer, ein wandernder Müllerbursch vom Elsass, ein dicker Schiffer aus Holland, ein Magyar, ein Pandur, ein Offizier aus Wien, ein französischer Schauspieler, ein böhmischer Musikant – das hat alles am Rhein gelebt, gerauft, gesoffen und gesungen und Kinder gezeugt – und der Goethe, der kam aus demselben Topf, und der Beethoven, und der Gutenberg, und der Matthias Grünewald, und – ach was, schau im Lexikon nach. Es waren die Besten, mein Lieber! Die Besten der Welt! Und warum? Weil sich die Völker dort vermischt haben. Vermischt wie die Wasser aus Quellen und Bächen und Flüssen, damit sie zu einem großen, lebendigen Strom zusammenrinnen. Vom Rhein, das heißt: vom Abendland. Das ist natürlicher Adel. Das ist Rasse. Seien Sie stolz darauf, Hartmann. und hängen Sie die Papiere Ihrer Großmutter in den Abtritt.

KONRAD BEIKIRCHER

(* 1945)

Konjunktiv – die rheinische Lebensform

Alle Sprachen kennen den Konjunktiv, die Möglichkeitsform. Warum also nicht auch der Rheinländer? Ist der Konjunktiv allerdings allen anderen Sprachen ein Mittel, auszudrücken, dass etwas im Bereich des Möglichen oder Unmöglichen liegt oder zu liegen hat, so ist er dem Rheinländer mehr: der Konjunktiv ist seine eigentliche Lebensform. *»Panta rhei, hätt esu eene jriechiscbe Philosoph domols jesaat, dä Herkules, nee, da Heraklit, ne, derlo och die Dachpapp erfunge hätt, ne, also alles is im Fluss, alles bewescbt sich, nüß bliev esu wie et is, ne, wat soll ich in dem Moment mim Indikativ? Wör ich jo beklopp, ne!«*. Der Konjunktiv ist das Schaumkrönchen auf dem Glas Kölsch, unaufdringlich aber lebensnotwendig. In ihm kann er alles sagen, was ihn bewegt und hat trotzdem die Gewähr, dass er nicht festgelegt werden kann.

Natürlich wird diese Vorliebe für den Konjunktiv oft angegriffen. Da heißt es, er, der Rheinländer verwende ihn deshalb so gerne, weil er immer danach strebe, sich ein Hintertürchen offen zu halten, durch das er zu entschlüpfen »trachtet«. Quatsch! Der Rheinländer, meine Damen und Herren, braucht kein Hintertürchen – der Rheinländer ist Hintertürchen.

Das fängt bei scheinbar indikativischen Redensarten an. Er überlegt, wann die Hochzeit war: *»Also dat wor, zementens, 48, nee, 49, Moment, 48 wor dä Rään,*

49 wor der heiße Sommer, dat muss, jetzt lassen Sie mich net lüjen, dat muss also« Lassen Sie mich nicht lügen! Das muss man sich mal auf der Zunge zergehen lassen. Eine Redensart, die sogar die Möglichkeit eigener Wahrheitsverdrehung prophylaktisch dem anderen aufs Auge drückt. *»Jo ich wollt' jo net, ne, ewwer dä do …!«*. Natürlich gibt es auch den Gebrauch des Konjunktivs streng nach der Zeitenfolge, der Römer hat ja lange genug hier gewirkt, also: *»consecutibo tempodumm, ne«:* A fragt: *»Wie isset dann?«*, B hört aber nicht hin, dreht sich nach einer Weile zu A und fragt: *»Wat hässe jesaat?« »Wie et dann wör!«*. Meisterhaft! Wer hätte jemals so korrektes Deutsch erwartet?

Zur Unterstützung seines konjunktivischen Lebens verwendet der Rheinländer gerne das Hilfszeitwort tun im Gegensatz zu allen anderen deutschen Zungen, die sich in solchen Fällen lieber des Hilfszeitwortes werden bedienen. *»Würde«* ich mal sagen. Nicht so der Rheinländer. Er sagt: *»Tät ich mal saren. – Aber ob ich et dann wirklich saren tät, dat tät ich mir nochens überlejen.«*. Er macht das Mädchen in der Kneipe an und sagt: *»Wie wör et dann mit uns zwei?« »Ich tät dat ewwer net.« »Wie: ich tät dat net« »Do hinge is minge Mann.«* – Was ein Glück, es war ja nur Konjunktiv! Drei Kölsch, und der Fall *»hätt sich«*, was in diesem Fall rheinischer Indikativ war. Klar?!

Ganz penibel wird er, wenn er in indirekter Rede etwas schildert, um nur ja den Eindruck zu vermeiden, die in seiner indirekten Rede sprechende Person könnte *»möschlischerweise mit ihm prifat, also quasi ihm sellevs«* verwechselt werden: *»Jestern trof ich ding Frau, und et hätt jesaat, et tät verdammp vürsichtig* *sein, wenn et in dinger Haut stecken tät, weil wenn Du nochens noh Hus kumme tätst, dann tät et Dich verkamersöölen, dat et sich jewäscbe hätt, sch'meine: sch'sare nur, ne, et hätt jo jesaat …«* Wer mag da dem Überbringer solcher Botschaften noch an die Gurgel gehen wollen? Vielleicht hat der Rheinländer zu oft im Laufe seiner wechselhaften Geschichte fremde Botschaften überbringen müssen und daraus die Lehre gezogen, dass man damit nicht vorsichtig genug sein kann, will man vermeiden, am seidenen Faden fremder Worte aufgehangen zu werden. Der Römer hat ihn zu Hermann dem Cherusker geschickt, Napoleon zu Blücher: *»Also dä Römer schick mich, Ihr sollt uphören mit der Steinewerferei, dä ganze Limes jeht kapott«* und: Sssing! war er schon um einen Kopf kürzer. Solche Erlebnisse gehen in die Gene und in die Sprache. Da lernt man Vorsicht! So beleidigt er gerne, bleibt aber konjunktivisch: *»Du Arschloch … hätt ich bald jesagt!«* – und schon ist die Beleidigung in den Bereich der Möglichkeiten verwiesen und ob es tatsächlich eine wird, hängt ganz vom anderen ab. *»Sch'hätt jo nur, ne, sch' hab ja net!«*

Wird er selber beleidigt, und zwar indikativisch, hat er auch so seine Möglichkeiten. A sagt zu B: *»Weiß Du, wat Du für mich bess?«* – ein Satz übrigens, der immer von aggressiv nach oben gerichtetem Kopfnicken unterstrichen wird – *»Weiß Du, wat Du für mich bess? – Eene Piefekopp, wenn Du mich frogs!« »Dich frog ewwer keener, hehe!«* – oder, geradezu philosophisch in seinen konjunktivischen Abgründen: *»Weiß Du, wat Du für mich bess? Eene Piefekopp, wenn Du mich frogs!« »Dat wüßt ich ewwer!«*. Kennen

Sie, liebe Leser, einen *»Piefekopp«*, der von sich *»jewußt hätt, dat er eene wör?'* Ich nicht.

Nur wenn etwas völlig irreal, ganz unmöglich und absolut unwahrscheinlich ist, dann tritt im Rheinland mit Fanfaren der Indikativ auf den Plan. Vielleicht, weil das Unmögliche genau das ist, was hier täglich passiert. Eine uralte Geschichte: Tünnes kommt zu Schääl an die Wohnung und klingelt. Schääl brüllt durch die Tür: *»Ich sinn net zu Hus«*, woraufhin ihm Tünnes von draußen antwortet: *»Dann is nur jood, dat ich jar net jekumme sinn«*. Was ein Land! Was für Möglichkeiten!

LUDWIG SOUMAGNE

(* 1927)

Transplantation

Transplantation	*Transplantation*
Jarnet su schleiht	Gar nicht so schlecht
Ding Idee	Deine Idee
Leeve Professor	Lieber Professor
Barnard	Barnard
Ungs e bisje Hoffnung	Uns ein bisschen Hoffnung
ze maache	zu machen
Am Eng	Am Ende
Vielleetz doch noch	Vielleicht doch noch
von ungs	von uns

Behaupte ze künne
E Hätz jehatt ze hann
Für angere –

Behaupten zu können
Ein Herz gehabt zu haben
Für andere –

Verbeejonn

Verbeejonn

Su em Verbeejonn
Soh ech eene
zesammejeschlage
Am Wäg lieje
Singe Hölpschree
jing mech doch
Su dorch Mark un Been
Dat ming Kneen
zidderden
Verdammp
Su eenfach wie dat
ussüht
Es et jarnet verbee
ze jonn –

Vorbeigehen

So im Vorbeigehen
Sah ich einen
zusammengeschlagen
Am Weg liegen
Seine Hilfeschreie
gingen mir doch
So durch Mark und Bein
Dass meine Knochen
zitterten
Verdammt
So einfach wie das
aussieht
Ist es gar nicht vorbei
zu gehen

CARL ZUCKMAYER

(1896–1977)

Mainz, versunkene Stadt

Die Stadt, an die ich denke und von der ich sprechen will, liegt auf dem Grund der Gewässer, tief unter der Flut. Wie viele Faden tief, das könnte kaum ein alter Seemann berechnen. Aber da schon am »großen Bassin« der Badeanstalt Watrin, knapp einen Laufsteg vom Ufer weg, zu lesen stand: »Vorsicht! Nur für Schwimmer! Fünf Meter tief!« – so muss die Flut, in der die alte Stadt versunken ist, mindestens zehnmal so tief sein. Denn in Watrins großem Schwimmbassin konnte man, mit einem Kopfsprung (oder »Schlubbert«) vom hohen Trampolin, leicht auf den Grund tauchen und einen Stein heraufholen; es lag ein ganze Sammlung solcher Steine, vom Rheinstrom glattgespült, auf dem Fensterbett meines Knabenzimmers. Von unserer alten Stadt aber unter der Flut holt kein Mensch mehr einen Stein herauf, und wenn er die Flossen eines Froschmanns hätte oder ein atomgetriebenes U-Boot besäße. Sie ruht in der Tiefe der Erinnerung, auf dem Grund der unauslotbaren Empfindungen, die man Liebe nennt oder Gedenken. Auch Furcht, auch Ehrfurcht, auch Trauer. Diese aber bilden den Quell, aus dem die Sprache schöpft.

Es ist eine Flut, so mächtig wie die, welche einst das ganze mittelrheinische Becken bedeckte, und von der unser »Großer Sand«, die Schleifstätte der Rekruten, Zeugnis ablegt – auch der schöne Muschelkalk, den man in der Umgebung findet. Aber sie ist von einer vollkommenen Durchsichtigkeit, klarer als die Luft, und nicht nur einmal im Jahr, sondern täglich hört man zu den geheiligten Stunden die Stadtglocken brausen. Spiegelklar, wie durch ein scharfes Fernglas, sieht man die alten Gassen, die alten Plätze, die alten Häuser und Kirchen, und es schwimmen keine Fische, es weht kein Tang zwischen ihren Mauern: aus und ein gehen Menschen – Du kennst sie alle, sie sind Dir ganz vertraut – auch wenn Du sie nicht hören kannst, weißt Du, wie ihre Stimmen klingen, wie ihre Mundart lautet – und es ist gleich, ob sie vor fünfzig Jahren gelebt haben, als du jung warst, oder vor hundert und aberhundert, oder ob sie morgen erst leben werden. Denn sie sind das Volk, das Volk Deiner Stadt.

Da gehen sie ein und aus, rasch und langsam, geschäftig oder der Muße hingegeben, dem Gewerbe nach oder zum Abendschoppen ins Wirtshaus, und die Namen der Gassen und Plätze, die ihnen selbstverständlich sind, klingen wie der Tropfenfall der Geschichte, wie das Raunen der Sage, der Widerhall der Legenden: da ist die Golden Luft, der Kästrich, die Umbach (in die man auch fallen kann, denn wenn jemand ohnmächtig wurde, hieß es: der is in die Umbach gefalle) – da ist der Flachsmarkt, die Heidelbergerfaßgass, die Reicheclarastrass, da ist die große, die mittlere, die hintere Bleich, wo man früher wirklich einmal die Wäsche aufhing, noch bevor dort nah beim Schlossplatz die prächtige Barockkirche St. Peter gebaut wurde und das Kurfürstliche Schloss, und dann zerstört, und dann wieder gebaut – da gibt es den Brand und die Mitternacht, das Kapuzinergässchen, die Schlossergass, und in der Korbgasse und im Seilergässchen lebten noch wirklich die Korbmacher und die Seiler, man konnte sie in Gewölben ihr Geflecht binden sehen und betastete die langen, gedrehten Seile, die in dicken Bündeln auf der Straße hingen – so wie man am Fischtor zusehen konnte, wie die frischgefangenen Rheinsalmen oder eine Ladung blankschuppiger Seefische in den Hof der Fischhandlung unseres Onkels Wallau geschafft wurden. Der Mittelpunkt aber war der Markt, groß, langgezogen, reich besetzt, dicht bevölkert – vom Fischtorgässchen, bei dem auch der Fischmarkt lag, weiter am Dom vorbei und am Liebfrauenplatz, um den herrlichen alten Marktbrunnen herum, bis zum Häfchen hin, wo die Stände und Körbe im Frühling überquollen von Gemüsen und wo es so frisch nach Kräutern und Früchten, aber auch herzhaft nach Zwiebel und Handkäs roch. Ob es wohl heute noch so urtümlich-mächtige, durch Körperfülle und Zungenfertigkeit gleichermaßen imponierende Originalgestalten gibt, wie die Marktweiber von dazumal? Sie kamen von Mombach oder Budenheim, noch mit dem bespannten Fuhrwerk, einige wohl auch mit der Pferdebahn, die mit lautem Hufklappern, Achsenrattern und Klingeln vom Kaisertor durch die schmalen Straßen bis zum Neutor trabte, sie kamen von Gonsenheim, Finthen und Bretzenheim mit der Dampfbahn, die so langsam fuhr, dass die Buben aus ihren Fenstern heraus reife Kirschen von den Bäumen pflückten, und die schnaufend und prustend am Münsterplatz anhielt: Von dort marschierten die Marktfrauen, mit wiegenden aber festen

Schritten, den großen schweren Korb überm wohlfrisierten festgeflochtenen »Nest« auf den Kopf gestellt, von einem ringartigen, weichen Tragkranz unterstützt, die Hände in die Hüften gestemmt oder die Arme leicht schlenkernd, immer ein Witzwort auf den Lippen oder auf einen Anruf hin zu einer raschen, schlagfertigen Antwort bereit – so schritten sie dahin, die Große Bleich entlang und dann durch die engeren Straßen bis zu ihren Marktständen. Sie waren wohl freundlicher und gesitteter, als man sich die Pariser Hallenweiber vorstellt, aber auch gegen sie hätte es im Falle einer Revolution keinen Widerspruch gegeben. Wie sie tratschen konnten, wie sie lachen konnten – und wie sie schimpfen konnten! Das reizte natürlich die Jugend, ihre homerische Sprachgewalt herauszufordern. Schon in der Dampfbahn, mit der wir im Frühling zur Schule fuhren, versuchten wir, unter den Bänken hinter sie schleichend, ihre über dem respektablen Hinterquartier zur Schleife gebunden Schürzenbendel aufzuziehen. Durch die dicken Röcke spürten sie das nicht, aber wenn sie dann aufstanden und die Schürze herunterfiel, dann konnte man etwas hören, wovon die hessische Dialektdichtung von Niebergall über Lennig bis Zuckermayer ein schwacher Abklatsch ist. Viel toller trieben es die Wallau-Buben, Carl und Adam, unsere Vettern von der großen Fischhandlung, die am hellen Tag mitten auf dem Markt mit beiden Füßen in einen vollen Eierkorb sprangen und gleichzeitig ihre vier Händevoll Rheinsand in den daneben stehenden Handkäskorb schmissen. Der ganze Markt einschließlich zweier behelmter Schutzmänner rannte hinter ihnen her. Ob es heute, hier droben, noch so böse Buben gibt? Drunten, in Vineta, springen sie immer noch, jeden Dienstag und Freitag, in die Körbe. Dort flanieren auch noch die jungen Leute, Gymnasiasten der oberen Jahrgänge, Studenten auf Ferienurlaub mit Band und Mütze, aber auch Referendare, Gerichtsassessoren, Kaufmannsstifte, Geschäftsreisende, unverheiratetes Volk eben, am Sonntagmorgen halb zwölf über die Ludwigstraße, vom Höfchen langsam auf der einen Seite bis zum Schillerplatz, dann auf der andren zurück. Auf dem Schillerplatz, neben dem Denkmal, vis-à-vis vom Gouvernement, spielt eine Militärkapelle forsch und mit graziösem Schwung in dem kleinen Pavillon: einen Marsch, eine Ouvertüre, ein Potpourri. Man schlendert mit einer lässigen Steifheit, so als ginge man nur zufällig da herum, und doch so, als werde man heimlich beobachtet und dürfte sich's nicht merken lassen, dass man es weiß. Man lacht etwas zu laut, spielt sich weltläufig auf, mondän und unbefangen. Man tut, als bemerke man kaum die gelegentlich vorbeitrottenden Mädchenpaare, manche davon nicht ganz eindeutigen Rufes, sie gehen Arm in Arm, sie gucken frech und kichern, man weiß, wie sie heißen, aber man traut sich nicht, sie zu grüßen oder gar sie anzusprechen. Geht ein »besseres« Mädchen vorbei, hält es die Augen gesenkt und trippelt in ihrem langen engen Rock oder, wenn sie noch jünger ist, im kurzen mit Steckelbeinen ganz rasch dahin, weiß aber genau, dass man ihr nachschaut. Man versucht sich in zynischen Bonmots, mein Gott die Weiber, man kennt das Leben, uns ist nichts Menschliches fremd. Man träumt, man flaniere auf einem Boulevard, in Paris, man sei ein Spieler, ein Verführer, ein Lebemann oder wenigstens ein »Bohemien«, wie ein großes Vorbild, der wulstlippige Student H. W. Eppelsheimer, um den sich, wenn er in den Ferien hier ist, immer eine Gruppe neugieriger Primaner drängt, denn es heißt, er lebe in Schwabing ganz wild und gäbe sich einer ausschweifenden Erotik hin – da stimmt die Kapelle, zum Abschluss, den Präsentiermarsch an, es ist ja schon halb eins! Man beginnt zu laufen, zu Haus wird die Suppe aufgetragen, und um zwei muss man in die Andacht.

Verhasste Spaziergänger, im guten Anzug am Sonntagnachmittag: »Am Rhein entlang« – es ist Herbst, die Blätter der Platanen liegen gehäuft auf der Promenade, man kann sie mit den Stiefelspitzen in immer größeren Haufen vor sich her schieben, so wie man es gerne bei der Fronleichnamsprozession mit den auf die Straße gestreuten, schon etwas angewelkt duftenden Gräsern und Blumen tut. Jetzt duftet es bitterlich von den Laubhaufen, und das Rheinwasser, rasch und klar vorüberströmend, noch frei von Dieselöl, mischt seinen scharfen, sauberen Hauch hinein. Zur Ingelheimer Au, über die Drehbrücke beim alten Zollhafen, geht's an dem hübschen Favoritenschlösschen gottseliger Kurfürsten vorbei oder nach Osten, an den verschiedenen Toren entlang, an der Straßenbrücke, der Stadthalle, dem Fischtor, man sieht den unheimlich-anheimelnden Holzturm, in dem der Schinderhannes gesessen hat, man lugt voll Sehnsucht auf den Halleplatz, auf dem im Frühling und Herbst die märchenhafte »Mess« ihre bunten Buden aufschlägt und das Rasseln und Schmettern der Karussellwerkel auf den »Dippemarkt« hinüber schallt, Hausfrauen und Köchinnen um das oder jenes Geschirr feilschen, ach, der brenzlige Geruch der »Waffeln«, der süßfade Geschmack des »Messklumpens«, einer grellroten oder giftgrünen Zuckerstange, die man langsam spitz lutscht – aber im Winter ist dort, wenn's die Witterung erlaubt, die Eisbahn zu finden, blanke Fläche, über die der Schlittschuh zischt und von der seine Schneide einen mehligen Eisstaub abkratzt, man läuft mit überkreuzten Händen zum Takt der Musik und versucht sich in ungeschickten »Bogen«, während am Eingang Bäckerfrauen ein schwellendes, in der Mitte geteiltes Backwerk ausbieten, das man »Buweschenkel« nennt, die dikkeren hießen »Boppeschenkel«, es wäre ein Traum für den Dr. Freud gewesen. Und dann kommt der alte Floßhafen, der Winterhafen, in dem mancher Schlepper oder Lastkahn vor Anker liegt und von dem in der Sylvesternacht um zwölf, zum Dröhnen der Domglocken, das Tuten, Pfeifen und Bimmeln aus Dampferschloten und von Schiffsglöckchen erschallt, während fauchende Raketen zum Nachthimmel steigen und mit taubem Knall ihre farbigen Lichtsplitter versprühen. Das »Schifferviertel« wird beim Spaziergang ausgelassen, obwohl es da – gleich hinterm Dom und dem Leichhof oder der Augustinerstraße – die interessantesten alten Gässchen gibt. Aber die besseren Leute umgehen sie lieber. Dort gibt es, sagen die Eltern, »Schlechte Kerl«, Lumpen, die schon bei Tag betrunken sind und mit dem Messer stechen. Besonders im Dunkeln müsse man sich vor dieser Gegend hüten, sagen sie, dort sei es nicht geheuer. Hätten sie eine Ahnung, wie oft man sich, gerade bei Dunkelheit, von ihren Warnungen angestachelt, in seinen ersten langen Hosen schlotternd, dort hingeschlichen hat – dass man die Bierkneipen in der Schlossergasse kennt, mit ihrem Fuselgeruch und ihren scheppernden Orchestrions, die »Schiffige« aus Holland, Köln oder Straßburg, in ihren dunkelblauen Strickjacken und Sweaters, manche mit tätowierten Armen und goldenen Ohrringen (nur eine Messerstecherei hat man nie erlebt) – ja sogar das berüchtigte Kappelhofgässchen, wo in schmalen, groß numerierten Fachwerkhäusern das Laster haust und die roten Laternen blühn. So bunt ist die Stadt, so voll von dicht gehäuftem Leben, zwischen ihrem rötlichen Sandstein, dem matten Schiffergrau ihrer Dächer. Eng und weit, wuchtig und leicht, von bürgerlichem Ernst getragen, von frommer Weihe, vom Wandel der Geschlechter, von klingender, kindlicher Heiterkeit; auch von kindlichem Grauen besucht, Gespensterangst, unheimlich grölenden Stimmen in der Nacht, dem Fauchen eines Zugs vom Bahnhof, das wie der Maulhauch eines mörderischen Ungetüms immer näher kommt, bis ins Bett hinein – und von mancherlei drohenden, unförmigen Gestalten bei Tag, den »Erwachsenen«, die nie gespielt hatten, die nicht lachen konnten, unter deren pflichtbeschwertem Schritt die Stadt ein kaltes, klirrendes Gefängnis wurde, eine einzige, trockene, muffige riechende Schulstube. Und doch war sie vom guten Wein durchtränkt, der ihren Handel und ihre Lachgeister belebt, von Musik durchweht, deren Pflege ihre schönste Erbschaft ist: Im Saal der »Liedertafel« in der Großen Bleich, bei den Symphoniekonzerten des städtischen Orchesters, in Kammer- und Hausmusik wird dem

Heranwachsenden der Grund einer Musica viva gelegt, die das Leben begleitet. Aber auch im Dom, in dem wir gefirmt wurden, erklangen die Chorwerke alter Kirchenmusik. Und in der Augustinerkirche, in der sonntags die Schulmesse gelesen wurde, predigten abwechselnd unsere Gymnasialpfarrer, Professor Sartorius und der spätere Domkapitular, der geistvolle Professor Mayer: Man ärgerte ihn wohl oft in der Religionsstunde, man brachte ihn durch heimtückisch ausgedachte Fragen in Verlegenheit, man konnte nicht anders, es war wie ein tierischer Zwang, aber man hatte ein schlechtes Gewissen dabei, wenn seine klugen, freundlichen Augen hinter der Brille trüb und hilflos wurden. Manchmal, bei festlichen Konzerten der Liedertafel oder im Theater, erschien in der Mittelloge eine schlanke, schmalköpfige Männergestalt, ein sehr ziviler Herr im dunklen Anzug, höchstens mit einem unauffälligen Ordensband geschmückt, er wurde stehend begrüßt, das Orchester spielte die deutsche Fürstenhymne, die der englischen gleicht, der schlanke Mann verneigte sich vor der Ehrfurcht des Publikums, wie es schien in seiner scheuen, fast gequälten und ungemein sympathischen Haltung, bevor er sich in seinen Sessel zurücklehnte: Das war Ernst Ludwig von Hessen und bei Rhein, »unser Großherzog«, Schirmherr der Künste, Schwager des letzten Zaren, jedem Waffengerassel und Kriegsgeschrei abhold, einer der vornehmsten Fürsten dieser Zeit. Man liebte ihn, man freute sich, ihn zu sehen, vom Sperrsitz der feinen Leute bis zur Galerie hinauf, er wurde den Kindern mit Stolz gezeigt. Aber auf der Straße zeigte man uns auch manchmal einen kleinen, älteren Mann, in Havelock und Schlapphut, und sagte mit großem Respekt: Das ist der Dr. David, unser Reichstagsabgeordneter – mit Stolz sagte man das, obwohl er Sozialist war, nämlich eine Persönlichkeit der klassischen deutschen Sozialdemokratie, in deren Geschichte er neben August Bebel einen Ehrenplatz einnimmt. »Unser« Großherzog – »unser« Dr. David – der eine regierte in Darmstadt, der andere hielt seine Reden, gewiss nicht fürstenfromme, in Berlin – aber sie gehörten uns, gehörten unserer Stadt, deren großes, altes Herz Hoch und Niedrig, Reich und Arm in seiner Lebensfülle umschloss.

Die Stadt selbst war damals noch vom alten Festungswerk umschlossen, das sich von der Zitadelle im Osten übers Gautor, Binger und Gonsenheimer Tor im Halbkreis nach Westen zog, doch hatten die hohen Wälle wohl keine andere Bedeutung mehr, als dass manche unserer mehr preußisch gesinnten Lehrer sie uns bei Schulspaziergängen erstürmen ließen. Auch ergaben sie im Winter gute Rodelbahnen. ... Mein Blick folgt jenem alten Spazierweg »Um die Tore«, der am Linsenberg beginnt und, an der Steinfratze des Gautors vorbei, in der »Anlage« überm Neutor endet, wo man, die Arme aufs Gelände gestemmt, in eine weiße Dampfwolke gehüllt, die Züge aus dem schwarzen Loch des großen Tunnels herauskommen sah. Und man hört, von einem der infanteristischen Übungsplätze da draußen, das dünne Trommeln und Pfeifen – »He Mutter, die Landwehr kommt« – der Exerziermusik. Das sind »die Preuße«, sagt man, obschon es gewöhnlich wohl hessische Bauernbuben und Bürgersöhne bei den 117ern, dem »Leibregiment«

der Großherzogin, waren, und schauert leise bei dem Gedanken, dass man auch einmal bei ihnen dienen müsse. Man weiß doch nicht, das es einen August 1914 geben wird, wo man, atemlos und ahnungslos, von Kaserne zu Kaserne rennen wird, um als Freiwilliger angenommen zu werden. Man weiß noch nichts – man darf Gott danken, dass man nichts weiß, als was in schöner, lebendiger Gegenwart greifbar um uns ausgebreitet liegt. Man hört, aus den Gärten beim »Schützenhaus«, oberhalb der Wallstraße und der Gonsenheimer Hohl, an einem Maiabend die Nachtigallen flöten. Man ist sechzehn Jahre. Man schlendert zur Stadt zurück, ruhelos. Man steht am niedrigen Steingelände der Mathildenterrasse, die schon zu Römerzeiten eine die Stadt beherrschende Bastion war, unweit vom alten Pulverturm – es ist schwül, der Himmel hängt tief, es riecht nach Regen, der kommen will, vielleicht wird's ein Gewitter – das Band des Rheinstroms hat einen matten, bleiernen Glanz, der Streif der Taunusberge ist ganz nah, tief dunkelblau über die Stadt getuscht, darüber noch ein schmaler, gelber Lichtstreif. Die Dächer und Türme aber fast schon im Dämmergrau versunken. Ein trüber Dunst zieht sich darüber zusammen, wie vom Schwelen der »Newwelinge«, der um einen Stock gewundenen Wachsringe, auf dem Friedhof am Allerseelentag. Versunken im Dämmergrau. Verschüttet in Nacht und Donner. Bergab unter der Flut. Die Städte der Kindheit sind verschwunden. Auch wenn sie verschont blieben, sind sie nicht mehr die gleichen, sie sind vom Wandel berührt wie wir selbst, man findet sie nicht wieder, es führt kein Weg zurück. Jede Stadt ist Vineta.

GÜNTHER EICH

(1907–1972)

Der Regen in Eltville

Der Regen in Eltville,
der gleiche Regen wie anderswo,
Wassertropfen mit Beimengung von Staub,
einmal verdunstet aus Gewässern, die mir
unbekannt sind,
der gleiche Regen und doch ein andrer, wie ich
ihn trommeln höre:
Er ist für mich.

Während jenseits der Wand das Fensterblech schallt,
nimmt jemand zwanzig Tabletten Veronal,
vor der Zärtlichkeit eines Blickes bebt mir das Herz,
und es bleiben auch die mageren Arme meiner Neffen
aus Berlin.

Hier sitze ich unter dem Schutze des Dachs
und ich kann einen Mantel anziehen, wenn ich
hinausgehe,
aber er traf mich längst, er wird mich ertränken,
Regen des Wahnsinns, der Liebe, Armutsregen,
der Regen in Eltville.

HILDEGARD VON BINGEN

(1098–1179)

Offene Worte
Aus einem Brief an Dekan Werner von Kirchheim-Bolanden

Als ich im Jahre 1170 nach der Menschwerdung des Herrn geraume Zeit auf dem Krankenbette lag, schaute ich, wach an Körper und Geist, die Gestalt einer sehr schönen Frau. Von auserlesener Anmut, anziehend in ihrer Lieblichkeit, besaß sie solche Schönheit, dass Menschengeist es nicht zu fassen vermochte. Ihr Antlitz funkelte von höchstem Glanz. Mit ihren Augen blickte sie in den Himmel hinan. Bekleidet war sie mit einem strahlendhellen Gewand aus weißer Seide und einem Mantel, der mit kostbaren Steinen – Smaragd und Saphir – , auch mit Perlchen und Perlen geschmückt war. An den Füßen trug sie Schuhe aus Onyx. Aber ihr Antlitz war mit Staub bestreut, ihr Gewand an der rechten Seite zerrissen. Auch hatte der Mantel seine erlesene Schönheit verloren. Und ihre Schuhe waren von oben her beschmutzt. Mit lauter, klagender Stimme schrie sie zum hohen Himmel hinauf und sprach: »Horch auf, Himmel, denn mein Antlitz ist besudelt. Trauere, Erde, den mein Kleid ist zerrissen. Erzittere, Abgrund, denn meine Schuhe sind beschmutzt. Die Füchse haben ihre Höhlen und die Vögel des Himmels ihre Nester, ich aber habe keinen Helfer noch Tröster noch einen Stab, auf den ich mich stützen könnte und der mir Halt wäre.«

Und weiter sprach sie: »Im Herzen des Vaters war ich verborgen, bis der Menschensohn, in Jungfräulichkeit empfangen und geboren, Sein Blut vergoss. Mit diesem Blut, als Seiner Mitgift, hat Er sich mir vermählt, damit ich in der reinen und einfachen Wiedergeburt aus dem Geiste und dem Wasser (der Taufe) die im Geifer der Schlange Verkrümmten und Besudelten neu gebäre. Meine Pfleger (nutritii), die Priester, die bewirken sollten, dass mein Antlitz funkle wie das Morgenrot, mein Gewand aufleuchte wie der Blitz, mein Mantel strahle wie kostbares Gestein und meine Schuhe hell glänzten, haben mein Antlitz mit Staub bestreut, mein Gewand zerrissen, meinen Mantel dunkel und meine Schuhe schwarz gemacht. Die mich ganz und gar hätten schmücken sollen, haben mich in allem treulos verlassen. Mein Antlitz besudeln sie, indem sie, behaftet mit der großen Unreinheit ihrer ausschweifenden Sitten, dem argen Schmutz der Hurerei und des Ehebruchs, mit reißender Habsucht übelster Art bei Kauf und Verkauf aller möglichen ungeziemenden Dinge, das Mysterium vollziehen und den Leib und das Blut Meines Sohnes empfangen. Und sie wickeln es so in Schmutz ein, wie wenn man ein Kind vor die Schweine in den Kot hineinlegen würde…

Die Wundmale meines Bräutigams bleiben frisch und offen, solange die Sündenwunden der Menschen offen sind. Eben dieses Offenbleiben der Wunden Christi ist die Schuld der Priester. Sie, die mich strahlend rein machen und mir in Reinheit dienen sollten, wechseln aus maßloser Habsucht (durch Simonie) von Kirche zu Kirche. Auch mein Gewand zerreißen sie dadurch, dass sie Übertreter des Gesetzes, des Evangeliums und ihrer Priesterpflicht sind. Und meinem Mantel nehmen sie den Glanz, da sie die ihnen auferlegten Vorschriften in allem vernachlässigen. Sie erfüllen sie nicht – weder in gutem Wollen noch in vollbrachtem Werk – durch Enthaltsamkeit, die dem Smaragd gleicht, und nicht durch andere gute gerechte Werke, mit denen Gott wie mit mannigfachen Arten von Edelsteinen verherrlicht wird. Sie beschmutzen meine Schuhe von oben her, weil sie die geraden, das heißt die harten und rauen Wege der Gerechtigkeit nicht einhalten und auch ihren Untergebenen kein gutes Beispiel geben. Dennoch finde ich unten an meinen Schuhen – gleichsam von meinem (Wesens) Geheimnis her – bei einigen das Leuchten der Wahrheit...«

Und ich hörte eine Stimme vom Himmel, die sprach: Dieses Bild stellt die Kirche dar. Deshalb, o Mensch, der du das schaust und die Klageworte hörst, künde es den Priestern, die zur Leitung und Belehrung des Gottesvolkes bestellt sind und denen gleich den Aposteln gesagt wurde: »Gehet hin in alle Welt und verkündet das Evangelium der ganzen Schöpfung!« Denn als Gott den Menschen erschuf, zeichnete Er in ihm die ganze Schöpfung, wie man Zeit und Zahl eines ganzen Jahres auf ein kleines Stück Pergament aufzeichnet. Daher nannte Gott den Menschen »die ganze Schöpfung«.

Und ein andermal erblickte ich armselige Frau ein aus der Scheide gezogenes Schwert, das in der Luft schwebte. Die eine Schneide war gegen den Himmel, die andere gegen die Erde gekehrt. Dies Schwert war über die Geistlichkeit ausgestreckt, die einst der Prophet vorausgesehen hatte, als er voller Staunen rief: »Wer sind diese, die wie Wolken fliegen und wie Tauben zu ihren Schlägen?« Denn diese Menschen sind über die Erde erhoben und von dem gemeinen Volk gesondert. Heilig sollten sie leben und in Taubeneinfalt wandeln und wirken. Jetzt sind sie böse in ihrem Wandel und Werk. Und ich sah, dass das Schwert einige Stätten dieser Geistlichen vernichtete, wie einst Jerusalem nach dem Leiden des Herrn vernichtet ward. Doch sah ich auch, dass Gott dieser Heimsuchung viele gottesfürchtige, reine und einfältige Priester für sich bewahrte, so wie Er dem Elias antwortete, da Er sagte, Er wolle siebentausend Mann in Israel übriglassen, die ihre Knie nicht vor Baal gebeugt hätten.

Jetzt aber möge das unauslöschliche Feuer des Heiligen Geistes sich in euch ergießen, auf dass ihr euch dem besseren Teil zuwendet!

JOHANN WOLFGANG GOETHE

(1749–1832)

Sankt-Rochus-Fest zu Bingen

Von Bingen heraufwärts erstreckt sich, nahe am Strom, ein Hügel gegen das obere flache Land. Er lässt sich als Vorgebirg in den alten höheren Wassern denken. An seinem östlichen Ende sieht man eine Kapelle, dem heiligen Rochus gewidmet, welche soeben vom

Kriegsverderben wiederhergestellt wird. An einer Seite stehen noch die Rüststangen; dessen ungeachtet aber soll morgen das Fest gefeiert werden. Man glaubte, wir seien deshalb hergekommen, und verspricht uns viel Freude. …

Wir gingen sachte den Strand hinab, und wer uns auch begegnete, freute sich über die Wiederherstellung der nachbarlichen heiligen Stätte: denn obgleich Bingen vorzüglich diese Erneuerung und Belebung wünschen muss, so ist es doch eine fromme und frohe Angelegenheit für die ganze Gegend, und deshalb eine allgemeine Freude auf morgen.

Denn der gehinderte, unterbrochene, ja oft aufgehobene Wechselverkehr der beiden Rheinufer, nur durch den Glauben an diesen Heiligen unterhalten, soll glänzend wiederhergestellt werden. Die ganze umliegende Gegend ist in Bewegung, alte und neue Gelübde dankbar abzutragen. Dort will man seine Sünde bekennen, Vergebung erhalten, in der Masse so vieler zu erwartenden Fremden und längst vermissten Freunden wieder begegnen. Unter solchen frommen und heitern Aussichten, wobei wir den Fluss und das jenseitige Ufer nicht aus dem Auge ließen, waren wir, das weit sich erstreckende Rüdesheim hinab, zu dem alten römischen Kastell gelangt, das, am Ende gelegen, durch treffliche Mauerung sich erhalten hat.

Nun, im klaren Abendlichte, lag Rüdesheim vor und unter uns. Eine Burg der mittlern Zeit, nicht fern von dieser uralten. Dann ist die Aussicht reizend über die unschätzbaren Weinberge; sanftere und steilere Kieshügel, ja Felsen und Gemäuer sind zu Anpflanzungen von Reben benutzt. Was aber auch sonst noch von geistlichen und weltlichen Gebäuden dem Auge begegnen mag, der Johannisberg herrscht über alles.

Nun musste denn wohl, im Angesicht so vieler Rebhügel, des Eilfers in Ehren gedacht werden. Es ist mit diesem Weine wie mit dem Namen eines großen und wohltätigen Regenten: er wird jederzeit genannt, wenn auf etwas Vorzügliches im Lande die Rede kommt; ebenso ist auch ein gutes Weinjahr in aller Munde. Ferner hat denn auch der Eilfer die Haupteigenschaft des Trefflichen: er ist zugleich köstlich und reichlich.

In Dämmerung versank nach und nach die Gegend. Auch das Verschwinden so vieler bedeutender Einzelheiten ließ uns erst recht Wert und Würde des Ganzen fühlen, worin wir uns lieber verloren hätten; aber es musste geschieden sein …

Und nun ergreift uns das Gewühl! Tausend und aber tausend Gestalten streiten sich um unsere Aufmerksamkeit. Diese Völkerschaften sind an Kleidertracht nicht auffallend verschieden, aber von der mannigfaltigsten Gesichtsbildung. Das Getümmel jedoch lässt keine Vergleichung aufkommen; allgemeine Kennzeichen suchte man vergebens in dieser augenblicklichen Verworrenheit, man verliert den Faden der Betrachtung, man lässt sich ins Leben hineinziehen.

Eine Reihe von Buden, wie ein Kirchweihfest sie fordert, stehen unfern der Kapelle. Voran geordnet sieht man Kerzen, gelbe, weiße, gemalte, dem verschiedenen Vermögen der Weihenden angemessen. Gebetbücher folgen, Offizium zu Ehren des Gefeierten. Vergebens fragten wir nach einem erfreulichen

Hefte, wodurch uns sein Leben, Leisten und Leiden klar würde; Rosenkränze jedoch aller Art fanden sich häufig. Sodann war aber auch für Wecken, Semmeln, Pfeffernüsse und mancherlei Buttergebackenes gesorgt, nicht weniger für Spielsachen und Galanteriewaren, Kinder verschiedenen Alters anzulocken.

Prozessionen dauerten fort. Dörfer unterschieden sich von Dörfern, der Anblick hätte einem ruhigen Beobachter wohl Resultate verliehen. Im ganzen durfte man sagen: die Kinder schön, die Jugend nicht, die alten Gesichter sehr ausgearbeitet; mancher Greis befand sich darunter. Sie zogen mit Angesang und Antwort, Fahnen flatterten, Standarten schwankten, eine große und größere Kerze erhub sich Zug für Zug. Jede Gemeinde hat ihre Mutter Gottes, von Kindern und Jungfrauen getragen, neu gekleidet, mit vielen rosenfarbenen, reichlichen, im Winde flatternden Schleifen geziert. Anmutig und einzig war ein Jesuskind, ein großes Kreuz haltend und das Marterinstrument freundlich anblickend. »Ach!« rief ein zartfühlender Zuschauer. »Ist nicht jedes Kind, das fröhlich in die Welt hineinsieht, in demselben Falle?« Sie hatten es in neuen Goldstoff gekleidet, und es nahm sich, als Jugendfürstchen, gar hübsch und heiter aus …

Nun wurden wir aber sogleich gewahr, dass wir uns dem Lebensgenusse näherten. Gezelte, Buden, Bänke, Schirme aller Art standen hier aufgereiht. Ein willkommener Geruch gebratenen Fettes drang uns entgegen. Auch wir, mit dampfender Speise nebst frischem, trefflichem Brot reichlich versehen, bemühten uns, Platz an einem geschirmten, langen, schon besetzten Tische zu nehmen. Freundliche Leute rückten zusammen, und wir erfreuten uns angenehmer Nachbarschaft, ja liebenswürdiger Gesellschaft, die von dem Ufer der Nahe zu dem erneuten Fest gekommen war. Muntere Kinder tranken Wein wie die Alten. Braune Krüglein, mit weißem Namenszug des Heiligen, rundeten im Familienkreise. Auch wir hatten dergleichen angeschafft und setzten sie wohlgefüllt vor uns nieder. Da ergab sich nun der große Vorteil solcher Volksversammlung, wenn, durch irgendein höheres Interesse, aus einem großen, weitschichtigen Kreise so viele einzelne Strahlen nach einem Mittelpunkt gezogen werden; hier unterrichtet man sich auf einmal von mehreren Provinzen. Schnell entdeckte der Mineralog Personen, welche, bekannt mit der Gebirgsart von Oberstein, den Achaten daselbst und ihrer Bearbeitung, dem Naturfreunde belehrende Unterhaltung gaben. Der Quecksilberminen zu Muschel-Landsberg erwähnte man gleichfalls. Neue Kenntnisse taten sich auf, und man fasste Hoffnung, schönes kristallisiertes Amalgam von dorther zu erhalten.

Der Genus des Weins war durch solche Gespräche nicht unterbrochen. Wir sendeten unsere leeren Gefäße zu dem Schenken, der uns ersuchen ließ, Geduld zu haben, bis die vierte Ohm angesteckt sei. Die dritte war in der frühen Morgenstunde schon verzapft.

Niemand schämt sich der Weinlust, sie rühmen sich einigermaßen des Trinkens. Hübsche Frauen gestehen, dass ihre Kinder mit der Mutterbrust zugleich Wein genießen. Wir fragten, ob denn wahr sei, dass es geistlichen Herren, ja Kurfürsten geglückt, acht rheinische Maß, das heißt sechzehn unsrer Bouteillen, in vierundzwanzig Stunden zu sich zu nehmen.

Ein scheinbar ernsthafter Gast bemerkte, man dürfe sich zu Beantwortung dieser Frage nur der Fastenpredigt ihres Weihbischofs erinnern, welcher, nachdem er das schreckliche Laster der Trunkenheit seiner Gemeinde mit den stärksten Farben dargestellt, also geschlossen habe: »Ihr überzeugt euch also hieraus, andächtige, zu Reu und Buße schon begnadigte Zuhörer, dass derjenige die größte Sünde begehe, welcher die herrlichen Gaben Gottes solcherweise missbraucht. Der Missbrauch aber schließt den Gebrauch nicht aus. Stehet doch geschrieben: der Wein erfreuet des Menschen Herz! Daraus erhellet, dass wir, uns und andere zu erfreuen, des Weines gar wohl genießen können und sollen. Nun ist aber unter meinen männlichen Zuhörern vielleicht keiner, der nicht zwei Maß Wein zu sich nähme, ohne deshalb gerade einige Verwirrung seiner Sinne zu spüren; wer jedoch bei dem dritten oder vierten Maß schon so arg in Vergessenheit seiner selbst gerät, dass er Frau und Kinder verkennt, sie mit Schelten, Schlägen und Fußtritten verletzt und seine Geliebtesten als die ärgsten Feinde behandelt, der gehe sogleich in sich und unterlasse ein solches Übermaß, welches ihn missfällig macht und Gott und Menschen, und seinesgleichen verächtlich.

Wer aber bei dem Genuss von vier Maß, ja von fünfen und sechsen, noch dergestalt sich selbst gleich bleibt, dass er seinem Nebenchristen liebevoll unter die Arme greifen mag, dem Hauswesen vorstehen kann, ja die Befehle geistlicher und weltlicher Obern auszurichten sich imstande findet – auch der genieße sein bescheiden Teil und nehme es mit Dank dahin. Er hüte sich aber, ohne besondere Prüfung weiterzugehen, weil hier gewöhnlich dem schwachen Menschen ein Ziel gesetzt ward. Denn der Fall ist äußerst selten, dass der grundgütige Gott jemanden die besondere Gnade verleiht, acht Maß trinken zu dürfen, wie er mich, seinen Knecht, gewürdigt hat. Da mir nun aber nicht nachgesagt werden kann, dass ich in ungerechtem Zorn auf irgend jemand losgefahren sei, dass ich Hausgenossen und Anverwandte misskannt, oder wohl gar die mir obliegenden geistlichen Pflichten und Geschäfte verabsäumt hätte, vielmehr ihr alle mir das Zeugnis geben werdet, wie ich immer bereit bin, zu Lob und zu Ehre Gottes, auch zu Nutz und Vorteil meines Nächsten mich tätig finden zu lassen – so darf ich wohl mit gutem Gewissen mit Dank dieser anvertrauten Gabe mich auch fernerhin erfreuen.

Und ihr, meine andächtigen Zuhörer, nehme ein jeder, damit er nach dem Willen des Gebers am Leibe erquickt, am Geiste erfreut werde, sein bescheiden Teil dahin. Und auf dass ein solches geschehe, alles Übermaß dagegen verbannt sei, handelt sämtlich nach der Vorschrift des heiligen Apostels, welcher spricht: Prüfet alles und das Beste behaltet.«

HEINRICH HEINE

(1797–1856)

Verfemt

Unterhalb des Rheingaus, wo die Ufer des Stromes ihre lachende Miene verlieren, Berg und Felsen, mit ihren abenteuerlichen Burgruinen, sich trotziger gebärden, und eine wildere, ernstere Herrlichkeit emporsteigt, dort liegt, wie eine schaurige Sage der Vorzeit, die finstre, uralte Stadt Bacharach. Nicht immer waren so morsch und verfallen diese Mauern mit ihren zahnlosen Zinnen und blinden Warttürmchen, in deren Luken der Wind pfeift und die Spatzen nisten; in diesen armselig hässlichen Lehmgassen, die man durch das zerrissene Tor erblickt, herrschte nicht immer jene öde Stille, die nur dann und wann unterbrochen wird von schreienden Kindern, keifenden Weibern und brüllenden Kühen. Diese Mauern waren einst stolz und stark, und in diesen Gassen bewegte sich frisches, freies Leben, Macht und Pracht, Lust und Leid, viel Liebe und viel Hass. Bacharach gehörte einst zu jenen Munizipien, welche von den Römern während ihrer Herrschaft am Rhein gegründet worden, und die Einwohner, obgleich die folgenden Zeiten sehr stürmisch und obgleich sie späterhin unter hohenstaufischer, und zuletzt unter Wittelsbacher Oberherrschaft gerieten, wussten dennoch, nach dem Beispiel andrer rheinischen Städte, ein ziemlich freies Gemeinwesen zu erhalten... Der herrschaftliche Vogt saß auf der hohen Burg Sareck, und wie ein Falke schoss er herab, wenn man ihn rief, und auch manchmal ungerufen. Die Geistlichkeit herrschte im Dunkeln durch die Verdunkelung des Geistes.

Eine am meisten vereinzelte, ohnmächtige und vom Bürgerrechte allmählich verdrängte Körperschaft war die kleine Judengemeinde, die schon zur Römerzeit in Bachrach sich niedergelassen und späterhin, während der großen Judenverfolgung, ganze Scharen flüchtiger Glaubensbrüder in sich aufgenommen hatte.

Die große Judenverfolgung begann mit den Kreuzzügen und wütete am grimmigsten um die Mitte des vierzehnten Jahrhunderts, am Ende der großen Pest, die, wie jedes andre öffentliche Unglück, durch die Juden entstanden sein sollte, indem man behauptete, sie hätten den Zorn Gottes herabgeflucht und mit Hülfe der Aussätzigen die Brunnen vergiftet. Der gereizte Pöbel, besonders die Horden der Flagellanten, halbnackte Männer und Weiber, die zur Buße sich selbst geißelnd und ein tolles Marienlied singend, die Rheingegend und das übrige Süddeutschland durchzogen, ermordeten damals viele tausend Juden, oder marterten sie, oder tauften sie gewaltsam. Eine andere Beschuldigung, die ihnen schon in früherer Zeit, das ganze Mittelalter hindurch bis Anfang des vorigen Jahrhunderts, viel Blut und Angst kostete, das war das läppische, in Chroniken und Legenden bis zum Ekel oft wiederholte Märchen: dass die Juden geweihte Hostien stählen, die sie mit Messern durchstächen, bis das Blut herausfließe – und dass sie an ihrem Paschafeste Christenkinder schlachteten, um das Blut derselben bei ihrem nächtlichen Gottesdienste zu gebrauchen. Die Juden, hinlänglich verhasst wegen ihres Glaubens, ihres Reichtums, und ihrer Schuldbücher, waren an jenem Festtage ganz in den Händen ihrer Feinde, die ihr Verderben nur gar zu leicht bewirken konnten, wenn sie das Gerücht eines solchen Kindermords verbreiteten, vielleicht gar einen blutigen Kinderleichnam in das verfemte Haus eines Juden heimlich hineinschwärzten, und dort nächtlich die betende Judenfamilie überfielen; wo alsdann gemordet, geplündert und getauft wurde, und große Wunder geschahen durch das vorgefundene tote Kind, welches die Kirche am Ende gar kanonisierte. Sankt Werner ist ein solcher Heiliger, und ihm zu Ehren ward zu Oberwesel jene prächtige Abtei gestiftet, die jetzt am Rhein eine der schönsten Ruinen bildet, und mit der gotischen Herrlichkeit ihrer langen, spitzbögigen Fenster, stolz emporschießender Pfeiler und Steinschnitzeleien uns so sehr entzückt, wenn wir an einem heitergrünen Sommertage vorbeifahren und ihren Ursprung nicht kennen. Zu Ehren dieses Heiligen wurden am Rhein noch drei andre große Kirchen errichtet, und unzählige Juden getötet oder misshandelt. Dies geschah im Jahre 1287, und auch zu Bacherach, wo eine von diesen Sankt-Werners-Kirchen gebaut wurde, erging damals über die Juden viel Drangsal und Elend. Doch zwei Jahrhunderte seitdem blieben sie verschont von solchen Anfällen der Volkswut, obgleich sie noch immer hinlänglich angefeindet und bedroht wurden.

CLEMENS BRENTANO

(1778–1842)

Lore Lay

Zu Bacharach am Rheine
Wohnt eine Zauberin,
Sie war so schön und feine
Und riss viel Herzen hin.

Und brachte viel zu schanden
Der Männer rings umher,
Aus ihren Liebesbanden
War keine Rettung mehr.

Der Bischof ließ sie laden
Vor geistliche Gewalt –
Und musste sie begnaden
So schön war ihr Gestalt.

Er sprach zu ihr gerühret:
»Du arme Lore Lay!
Wer hat dich denn verführet
Zu böser Zauberei?«

»Herr Bischof, lasst mich sterben,
Ich bin des Lebens müd,
Weil jeder muss verderben,
Der meine Augen sieht.

Die Augen sind zwei Flammen,
Mein Arm ein Zauberstab –
O legt mich in die Flammen!
O brechet mir den Stab!«

»Ich kann dich nicht verdammen,
Bis du mir erst bekennt,
Warum in diesen Flammen
Mein eigen Herz schon brennt.

Den Stab kann ich nicht brechen,
Du schöne Lore Lay!
Ich müsste dann zerbrechen
Mein eigen Herz entzwei.«

»Herr Bischof mit mir Armen
Treibt nicht so bösen Spott,
Und bittet um Erbarmen,
Für mich den lieben Gott.

Ich darf nicht länger leben,
Ich liebe keinen mehr –
Den Tod sollt Ihr mir geben,
Drum kam ich zu Euch her.

Mein Schatz hat mich betrogen,
Hat sich von mir gewandt,
Ist fort von hier gezogen,
Fort in ein fremdes Land.

Die Augen sanft und wilde,
Die Wangen rot und weiß,

Die Worte still und milde
Das ist mein Zauberkreis.

Ich selbst muss drin verderben,
Das Herz tut mir so weh,
Vor Schmerzen möcht ich sterben,
Wenn ich mein Bildnis seh.

Drum lasst mein Recht mich finden,
Mich sterben wie ein Christ,
Denn alles muss verschwinden,
Weil er nicht bei mir ist.«

Drei Ritter lässt er holen:
»Bringt sie ins Kloster hin,
Geh Lore! – Gott befohlen
Sei dein berückter Sinn.

Du sollst ein Nönnchen werden,
Ein Nönnchen schwarz und weiß,
Bereite dich auf Erden
Zu deines Todes Reis'.«

Zum Kloster sie nun ritten,
Die Ritter alle drei,
Und traurig in der Mitten
Die schöne Lore Lay.

»O Ritter lasst mich gehen,
Auf diesen Felsen groß,
Ich will noch einmal sehen
Nach meines Liebsten Schloss.

Ich will noch einmal sehen
Wohl in den tiefen Rhein,
Und dann ins Kloster gehen
Und Gottes Jungfrau sein.«

Der Felsen ist so jähe,
So steil ist seine Wand,
Doch klimmt sie in die Höhe,
Bis dass sie oben stand.

Es binden die drei Ritter
Die Rosse unten an,
Und klettern immer weiter,
Zum Felsen auch hinan.

Die Jungfrau sprach: »Da gehet
Ein Schifflein auf dem Rhein,
Der in dem Schifflein stehet,
Der soll mein Liebster sein.

Mein Herz wird mir so munter,
Er muss mein Liebster sein!«
Da lehnt sie sich hinunter
Und stürzet in den Rhein.

Die Ritter mussten sterben,
Sie konnten nicht hinab,
Sie mussten all verderben,
Ohn' Priester und ohn' Grab.

Wer hat dies Lied gesungen?
Ein Schiffer auf dem Rhein,

Und immer hat's geklungen
Von dem Dreiritterstein:

Lore Lay
Lore Lay
Lore Lay

Als wären es meiner drei.

HEINRICH HEINE

(1797–1856)

Das Lied von der Loreley

Ich weiß nicht, was soll es bedeuten,
Dass ich so traurig bin;
Ein Märchen aus uralten Zeiten,
Das kommt mir nicht aus dem Sinn.

Die Luft ist kühl und es dunkelt,
Und ruhig fließt der Rhein;
Der Gipfel des Berges funkelt
Im Abendsonnenschein.

Die schönste Jungfrau sitzet
Dort oben wunderbar,
Ihr goldnes Geschmeide blitzet,
Sie kämmt ihr goldenes Haar.

Sie kämmt es mit goldenem Kamme,
Und singt ein Lied dabei;
Das hat eine wundersame,
Gewaltige Melodei.

Den Schiffer im kleinen Schiffe
Ergreift es mit wildem Weh;
Er schaut nicht die Felsenriffe,
Er schaut nur hinauf in die Höh.

Ich glaube, die Wellen verschlingen
Am Ende Schiffer und Kahn;
Und das hat mit ihrem Singen
Die Lore-Ley getan.

ERICH KÄSTNER

(1899–1974)

Der Handstand auf der Loreley

Die Loreley, bekannt als Fee und Felsen,
ist jener Fleck am Rhein, nicht weit von Bingen,
wo früher Schiffer mit verdrehten Hälsen,
von blonden Haaren schwärmend, untergingen.

Wir wandeln uns. Die Schiffer inbegriffen.
Der Rhein ist reguliert und eingedämmt.
Die Zeit vergeht. Man stirbt nicht mehr beim Schiffen,
bloß weil ein blondes Weib sich dauernd kämmt.

Nichtsdestotrotz geschieht auch heutzutage
noch manches, was der Steinzeit ähnlich sieht.
So alt ist keine deutsche Heldensage,
dass sie nicht doch noch Helden nach sich zieht.

Erst neulich machte auf der Loreley
hoch überm Rhein ein Turner einen Handstand!
Von allen Dampfern tönte Angstgeschrei,
als er kopfüber oben auf der Wand stand.

Er stand, als ob er auf dem Barren stünde.
Mit hohlem Kreuz. Und lustbetonten Zügen.
Man frage nicht: Was hatte er für Gründe?
Er war ein Held. Das dürfte wohl genügen.

Er stand, verkehrt, im Abendsonnenscheine.
Da trübte Wehmut seinen Turnerblick.
Er dachte an die Loreley von Heine.
Und stürzte ab. Und brach sich das Genick.

Er starb als Held. Man muss ihn nicht beweinen.
Sein Handstand war vom Schicksal überstrahlt.
Ein Augenblick mit zwei gehobnen Beinen
ist nicht zu teuer mit dem Tod bezahlt!

P.S. Eins wäre allerdings noch nachzutragen:
Der Turner hinterließ uns Frau und Kind.
Hinwiederum, man soll sie nicht beklagen.
Weil im Bezirk der Helden und der Sagen
die Überlebenden nicht wichtig sind.

FJODOR M. DOSTOJEWSKI

(1829–1881)

Feuchte Hitze und hohe Preise

Nun bin ich also in Ems, liebes Täubchen Anja, gestern gegen Mittag kam ich an, war aber von der Reise und den Laufereien in Ems so müde, dass ich Dir beim besten Willen nicht gleich abends (wie beabsichtigt) schreiben konnte.

Hier sind die Nächte dunkel wie im Winter. In dieser Nacht habe ich kein Auge zugetan, wir saßen wie die Heringe, aber als es zu tagen begann. Anja, meine Liebe, so etwas habe ich noch nie im Leben gesehen.

Was ist die Schweiz, was die Wartburg (erinnerst Du Dich?) im Vergleich zu dieser letzten Hälfte des Weges nach Ems. Alles, was man sich an Verführerischem, Zartem, Phantastischem in einer Landschaft nur denken kann, der bezauberndsten auf der Welt; Hügel, Berge, Schlösser, Städte wie Marburg, Limburg mit reizenden Türmen, in einer erstaunlichen Komposition von Bergen und Tälern, nichts dergleichen habe ich bisher gesehen, und so fuhren wir bis Ems an einem heißen, sonnenüberstrahlten Morgen. Ems ist ganz von dieser Art. Der gestrige Tag war bezaubernd. Das Städtchen Ems liegt in einer tiefen Schlucht zwischen bewaldeten Hügeln von etwa zweihundert Sashen Höhe oder etwas mehr. An Felsen (die malerischsten der Welt) lehnt sich das Städtchen, das eigentlich nur aus den beiden Uferquais des (nicht breiten) Flusses besteht und sich nirgends weiter ausdehnen kann, weil die Berge es beengen. Es gibt Promenaden und Gärten – und alles reizend. Von der Lage bin ich entzückt, aber man sagt, eben diese Gegend wirke bei Regen oder bei trübem Himmel so düster und traurig, dass sie selbst einen gesunden Menschen melancholisch stimmen kann. Dafür bin ich vom Komfort keineswegs entzückt. Die Preise, die Preise...! Grässlich! ... Vor etwa 5 Jahren hatte Ems wenig Bedeutung, jetzt aber, da man es plötzlich rühmte und aus ganz Europa anreist, hat jeder Hausbesitzer herausgefunden, was er tun muss: Alle Häuser wurden hergerichtet und zu Hotels umgebaut.

Die Langeweile plagt, zermürbt mich in diesem elenden Nest. Was für ein Publikum, was für Visagen! ... Die Hälfte sind hier Russen, da erübrigt sich jedes Wort; es ist immer traurig, Russen zu sehen, die sich im Ausland herumtreiben; Hohlheit, Leere, Müßiggang und Selbstgefälligkeit in jeder erdenklichen Beziehung. Ich würde ihnen keine Blick schenken, aber hier kann man auch nirgends spazieren gehen; entweder muss man sich auf einem für so viel Publikum sehr engen Raum drängen oder in die Berge gehen, doch möglichst weit, denn die nahe gelegenen Pfade sind alle voller Menschen. Weiter weggehen aber kann ich nicht; man sagte mir, mit meiner Brust sei es unbedingt schädlich, auf einem Bergweg weit zu wandern, denn es kostet zu große Anstrengung, dort hinaufzusteigen. Und zu allem Glück haben wir auch noch eine Affenhitze: schon etwa fünf Tage 26 oder 27 Grad Reaumur im Schatten. Ich wechsle wie in Florenz dreimal am Tag das Hemd. Jedoch in Florenz konnte man wenigstens den Abend draußen verbringen, hier aber gehen alle Patienten schon um halb 8 nach Hause, und nur die Gesunden promenieren, die, weiß der Teufel, warum, in ganzen Scharen angereist sind. Sobald die Sonne hinter den Bergen untergeht (es dunkelt früh, um 9 Uhr ist fast Nacht), wird es gleich feucht. Und auch am Tage, wenn ringsum eine Gluthitze herrscht, kommt dann und wann plötzlich ein scheußliches frisches Lüftchen auf, aber durchaus kein heilsames mehr, sondern ein schädliches, wie Zugluft.

DECIMUS MAGNUS AUSONIUS

(~310 n. Chr.)

Die Mosel

Sing ich den glücklichen Fluss, der in grünenden Auen dahinwallt
Freudigen Zuges, und weih ihn ein in Wogen des Rhenus.
Rhenus, den bläulichen Schoß, das kristallene Flutengewand nun
Breite du aus und gewähre den Raum zuströmenden Wellen,
Dass dich mehre verbrüderter Strom; nicht Lohn in den Wogen
Wird dir allein, denn wallend daher von den Mauern der Hofstadt

Schaut' er des Sohns und des Vaters verbunden gefei'rten Triumphzug
Nach der Vertreibung des Feinds am Niger und bei Lugodunum
Und an des Histers Quelle, die Roms Jahrbüchern nicht kund ist.
Jüngst kam dieser Bericht des beendigten Kriegs mit dem Lorbeer,
Andre, noch andere bringet er bald. Ihr, wallet gemeinsam
Und drängt fort mit gedoppeltem Strom tiefglänzende Meerflut.
Heg auch, kleiner zu scheinen, nicht Sorg, o du prächtiger Rhenus:
Missgunst kennt nicht der Gast, und dauernder Name für immer
Wird dir zuteil; du, sicher des Ruhms, umarme den Bruder!

STEFAN ANDRES

(1906–1970)

Magie

Der Mond rollte an manchen Abenden über den Buchenwald, der den Berg hinter dem Mühlbach bedeckte. ... Er brauchte sich nicht vor dem Dunkel zu fürchten, er war wie eine Stalllaterne voller Licht. Ich liebte ihn sehr und hätte ihn gerne gestreichelt. Er musste wohl sehr glatt und warm sein, so wie Mutters Brust. Es war auch sicherlich Milch im Mond, wovon konnte er sonst so mild sein und freundlich. Oder es war Mehl darin. In der Mühle des Vaters drehte sich der Zylinder, und hob man den Vorhang, stäubte es weiß herab. So machte es der Mond über dem Buchenwald. Es war Mondmehl, man fand es nicht am andern Tag. Die Bäume hatten es gegessen. Oder war doch Milch im Mond, und die Bäume hatten sie getrunken? In manchen Blumen fand ich solche Milch. Einmal sah ich den Mond bei hellem Tag. Zuerst dachte ich, er ist es nicht, und ich ließ ihn gehen. Es gab so viel am Himmel. Doch von jetzt ab sah ich ihn öfters bei Tag und schließlich musste ich es glauben, dass er es war. Es bestand kein Zweifel mehr: er lief von zu Hause fort, so wie ich es häufig tat. Als ich bemerkte, dass er des Abends manchmal dünn, manchmal dick hinter dem Wald heraufkam, und als ich von den Erwachsenen durch Fragen herausgebracht hatte, dass es wirklich immer derselbe Mond war, zweifelte ich nicht daran, dass er krank sein musste. Ich ließ eine Zeitlang von ihm ab, wenn er nicht gerade rund war und sehr leuchtete. Überhaupt nahm ich es ihm ein wenig übel, dass er nie näher kam. Eines Tages aber bekamen wir, der Mond und ich, einen festen Streit. Es war noch nicht Abend. Er war schön rund und lächelte mir zu. Ich zeigte zum Berg hin und rief, dass ich ihn dort oben treffen möchte. Eigentlich durfte ich nicht allein und vor allem nicht des Abends den Buchenhang hinaufsteigen. Aber der Mond war zu schön, und ich wollte ihn haben oder doch anrühren. Er schien auch meine Bitte verstanden zu haben, er schwebte auf den Buchenhang zu. Ich lief, den Kopf im Nacken, immer den Mond im Blick, am Haus entlang. Und ich sah: der Mond lief mit mir in derselben Richtung durch die Wolken. Plötzlich war er fort, und ich lag im Wasser des Mühlgrabens. Unser Knecht, der gerade dem Maulwurf Fallen stellte und das Plumpsen hörte, zog mich heraus. Ich weinte sehr über den Mond und seine Falschheit. Lange Zeit blickte ich mit einem tiefen Groll zu ihm in die Höhe.

Rund um die Mühle war Wasser in mannigfacher Gestalt. Da war der Brunnen in der Gartenmauer, zu dem die Mutter und die Geschwister mit dem Eimer gingen. Ich sah den großen Holzeimer an der Welle baumeln und gleich darauf an der rasselnden Kette verschwinden. Aber ich konnte nicht sehen, wohin er fiel; das Mäuerchen war zu hoch – höher als der Tisch, auf den ich auch noch nicht sehen konnte, wenn ich davor stand. So ließ ich, wenn ich so zuschaute, den Eimer fallen, wohin er mochte; die Hauptsache, er kam gefüllt herauf und ergoss sich auf dem Arm der Mutter, der Magd oder der Schwester in den Zinkeimer, der vor mir stand. Das Wasser aus dem Brunnen funkelte in der Sonne. Es spritzte und schäumte wie Milch, und aus dem geöffneten Brunnen roch es feucht und kalt und, für meine Nase, tief. Der Brunnen wurde mit einer Holztür jedes Mal abgeschlossen. Obenauf – aber das konnte man nur vom Garten her sehen – lag eine Schieferplatte, wie denn der Brunnen rundum aus Schiefer gebaut war. Diese lose Schieferplatte, so hatte Vater mir eines Tages gesagt und darauf gezeigt, dürft ich nicht anrühren. ... Und der riesengroße Mann, der sonst nicht gerade sehr streng war, hatte die Pferdepeitsche hochgehalten – die Geißel, so sagten wir – und er knallte damit in die Luft, dass es mir in den Ohren gellte, und rief: »Wenn du über den Pütz gehst, dann kommt de Wassermann aus dem Pütz herauf un knallt mit der Geißel un holt dich herunter in den Pütz. Et is schon mehr als ein Jung vom Wassermann geholt worden. Un die bleiben immer da unten!« Sprachlos gemacht von dieser Drohung meines Vaters, ging ich zum Hause hinüber und verkroch mich in den Falten von Mutters Röcken. Als sie, die nicht wusste, auf welche Weise mich Vater wegen des Pützes ermahnt hatte, nun andern Tages den Buchsbaumstreifen überschritt, der mir als ewige Grenze zwischen dem erlaubten und unerlaubten Bereich des Gartens angewiesen worden war, da lief ich auf sie zu, zerrte sie an der Schürze rückwärts und rief: »De Vatter kommt mit der Geißel un knallt! Un de Wassermann kommt un holt Euch in den Pütz herunter!«

Ich begann, den Geschwistern über den Pütz Fragen zu stellen. Vor allen Dingen wollte ich wissen, ob schon ein Junge hineingefallen wäre. Als mir das ohne weiteres bejaht wurde, fragte ich, wie er geheißen hätt. Jemand nannte einen Namen, den ich aber nicht behielt. Was der Junge da unten tät, wollte ich weiter wissen. Ach, der müsst die Gänse des Wassermanns hüten. Ob er denn nie mehr aus dem Pütz heraufkommen könnt? Ja, wie denn, fragten sie mich. Ich schlug vor, ihn im Eimer heraufzuziehen. Aber alle sagten mir: nein, der Junge dürft nicht den Eimer berühren. Wirklich, er könnt nie mehr heraufkommen. Seit dieser Zeit sah in meinen Augen die Tür des Pützes wie das Tor zu einer andern Welt aus. Ich wusste: eines Tages wäre ich groß genug und dann würde ich auch Wasser ziehen gehen, in den Pütz hineinschauen und vielleicht einmal den Jungen drunten sehen, vielleicht …

STEFAN GEORGE

(1868–1933)

Porta Nigra

Dass ich zu eurer zeit erwachen musste
Der ich die pracht der Treverstadt gekannt
Da sie den ruhm der schwester Roma teilte
Da auge glühend gross die züge traf
Der klirrenden legionen. in der rennbahn
Die blonden Franken die mit löwen stritten.
Die tuben vor palästen und den Gott
Augustus purpurn auf dem goldnen wagen!

Hier zog die Mosel zwischen heitren villen.
O welch ein taumel klang beim fest des weines!
Die mädchen trugen urnen lebenschwellend –
Kaum kenn ich diese trümmer. an den resten
Der kaiserlichen mauern leckt der nebel
Entweiht in särgen liegen heilige bilder
Daneben hingewühlt barbarenhöhlen.
Nur aufrecht steht noch mein geliebtes tor!

Im schwarzen flor der zeiten doch voll stolz
Wirft es aus hundert fenstern die verachtung

Auf eure schlechten hütten (reisst es ein
Was euch so dauernd höhnt!) auf eure menschen:
Die fürsten priester knechte gleicher art
Gedunsne larven mit erloschnen blicken
Und frauen die ein sklav zu feil befände –
Was gelten alle dinge die ihr rühmet:

Das edelste ging euch verloren: blut.
Wir schatten atmen kräftiger lebendige
Gespenster! lacht der knabe Manlius.
Er möchte über euch kein zepter schwingen
Der sich des niedrigsten erwerbs beflissen
Den ihr zu nennen scheut – ich ging gesalbt
Mit perserdüften um dies nächtliche tor
Und gab mich preis den söldnern der Cäsaren!

GEORG FORSTER

(1754–1794)

Auf dem Ehrenbreitstein

Wir erstiegen den Ehrenbreitstein. Nicht die unwichtige Kostbarkeit dieser Festung; nicht der Vogel Greif, jene ungeheure Kanone, die eine Kugel von hundertundsechzig Pfunden bis nach Andernach schießen soll, aber doch wohl nie geschossen hat; nicht alle Mörser, Haubitzen, Feldschlangen, Zwölf- und Vierundzwanzigpfünder, lange gezogene Rohre, Kartätschenbüchsen, Graupen und was sonst im Zeughause oder auf den Wällen zu bewundern ist; nicht die weite Aussicht von dem höchsten Gipfel des Berges, wo Koblenz mit dem Rhein und der Mosel landkartenähnlich unter den Füßen liegt – nichts von dem allen konnte mich für den abscheulichen Eindruck entschädigen, den die Gefangenen dort auf mich machten, als sie mit ihren Ketten rasselten und zu ihren räucherigen Gitterfenstern hinaus einen Löffel steckten, um dem Mitleiden der Vorübergehenden ein Almosen abzugewinnen. Wäre es nicht billig, fiel mir dabei aufs Herz, dass ein jeder, der Menschen zum Gefängnis verurtheilt, wenigstens einen Tag im Jahre mit eigenen Ohren ihr Gewinsel, ihre himmelstürmende Klage vernehmen müsste, damit ihn nicht der tote Buchstabe des Gesetzes, sondern eigenes Gefühl und lebendiges Gewissen von der Rechtmäßigkeit seiner Urtheile überzeugte?

GÜNTHER EICH

(1907–1972)

Blick nach Remagen

Am Nachthimmel ungeheuer
leuchtet der Widerschein
der tausend Lagerfeuer
auf der Steppe am Rhein.

Am zerschossnen Gemäuer,
weiß ich, grünt wieder der Wein.

Werden mir jünger und neuer
einmal die Stunden sein?

Der nächtlichen Lagerfeuer
mächtiger Widerschein
brennt in die Herzen getreuer
als in den Himmel sich ein.

Bleibt die Flamme mir teuer,
bin ich aus ihr allein,
seis, mich verzehre das Feuer,
seis, es glühe mich rein.

ERNST MORITZ ARNDT

(1769–1860)

Wanderung an die Ahrquelle

Wir beginnen jetzt unsere Wanderungen an und um die Ahr, ohne Bedenken der romantischste Fluss von allen, die ihre Wasser in den Rhein gießen, so dass man mit Recht sagen kann, dass derjenige, der in diesen Gegenden gewesen ist und versäumt hat, ihn zu sehen, das Beste versäumt hat. … Weil die Ahr so schön ist, dass sie von allen, die irgend Muße haben, wenigstens einmal in ihrer ganzen Herrlichkeit bewandert und bewundert werden muss, so zeichnen wir zuerst den Weg des Wanderers, der eine ihrer Quellen sehen geht, die er nicht weit von den Trümmern des alten Schlosses Blankenheim findet.

Wir wandern des Morgens früh von Godesberg aus und steigen längs des Baches bei dem schon bekannten Dorf Villip auf die Tafel des Vorgebirges und schlendern auf ihr durch die Städte Meckenheim und Rheinbach nach Münstereifel, eine Strecke von sieben bis acht Stunden. Auf dem Wege bald hinter Rheinbach findet man hohe Waldberge und immer kahlere und ödere Kuppen linker Hand aus der Ferne herüberschauen, welche näher der Ahr immer höher steigen; als die Riesenkuppe aber thront im verdämmernden Hintergrund der ferne Michelsberg. Anderthalb Stunden vor Münstereifel kommt man zu dem stattlichen Rittersitz Flamersheim. Dies war in der karolingischen Zeit ein kaiserlicher Hauptort; daher heißt der große, von Meckenheim bis zur Erft hin an vier Stunden fortlaufende Wald, an dem viele Städte und Dörfer teilhaben, gewöhnlich der Flamersheimer Wald. Flamersheim war im Erzbistum Köln eine unmittelbare Reichsfreiheit; daher durfte sein Besitzer, der Freiherr von Dalwigk, dort den evangelischen Gottesdienst einrichten und behaupten, wie dort denn heute noch eine evangelische Gemeinde ist.

Von Flamersheim wandert man linker Hand auf Fußpfaden durch einen hohen Eichenwald in ein tiefes Tal hinab, wo man das Flüsschen Erft durch glänzend grüne Wiesen in anmutigen Windungen sich fortwälzen sieht. Wenn man sich linker Hand von seinem Pfad gegen Süden wendet und aus dem Schatten des Eichenwaldes heraustritt, sieht man das helle, freundliche Städtchen Münstereifel vor sich, wo zum Mittagsmahl der Einzug gehalten wird. Ich nenne es ein helles, freundliches Städtchen, denn es hat hübsche Türme, ein stattliches Jesuitenkollegium, jetzt königliches Gymnasium, und eine Menge zierlicher Häuser und schön gepflasterter Straßen und gemauerter Brücken über die Erft, die es in zwei beinahe gleiche Hälften teilt. Diesem Fluss verdankt die Stadt, dass sie zum Teil so jung und zierlich aussieht. Es sind sechsundzwanzig Jahre her, es war im Jahr 1818, ich glaube, es war der vierte Mai, da hatte uns das liebliche Frühlingswetter hinausgelockt, und ich war mit meiner Frau und meinem verehrten Freunde Hüllmann längs des schönen Vorgebirges nach Brühl gefahren. Als wir dort in schon abendlicher Stunde im Park unter den herrlichen Buchen und Eichen spazieren gingen, wurden wir durch die schwärzesten Wolken, die am westlichen Himmel standen und schon von einzelnen Blitzen durchzuckt wurden, ins Haus zurückgejagt. Bald gab es eine gewaltige Finsternis und einzelne Schloßen, dann ein gewaltiges Donnerwetter und Regen, so dass wir bei der Heimfahrt hin und wieder die Geleise ausgelaufen fanden. Dieses Donnerwetter sollte Münstereifel verjüngen. Jenes Gewitter hatte auf den hohen Bergen über der Stadt einen Wolkenbruch ausgeschüttet, alle Ufer und Dämme durchbrochen, Wehren, Brücken, Mühlen, Häuser in seinem wilden Lauf mit sich weggerissen und einen Teil der Häuser und Straßen der Stadt zerstört, die seitdem schöner wiederhergestellt sind. Münstereifel liegt nämlich in einer Schlucht zwischen sehr hohen Bergen, aus denen das Flüsschen sich hervorschlängelt, dessen stillen und seichten Wassern man es im Sommer nicht ansieht, dass sie bei plötzlicher Schneeschmelze und Gewittern so fürchterlich watende und verwüstende

Gewalt üben können. Und dennoch erwähnen die früheren Jahrbücher nur zu oft der Verwüstungen der Wilden Erft – und namentlich auch bei dieser freundlichen Stadt.

Hier ist man also nun schon in dem Anfang der eigentlichen Eifel, wozu wunderlich genug kein Mensch gern gehören will, da sie wegen ihrer Wildheit und Rauhigkeit übel berüchtigt ist: Denn jeder schiebt die Eifel gern so weit als möglich von sich, als wenn von einer ungesegneten oder gar von einer verfluchten Wüste die Rede wäre ... Von Münstereifel bis zum Städtchen Blankenheim wandert man gute vier Stunden. Man steigt bergauf, bergab, in den Gründen rauschen Bäche und liegen Dörfer an grünen Auen, doch geht es immer höher bergan, bis man das anmutige Blankenheim vor sich sieht. Wer von hier auf Münstereifel wandert, da er ein bergab Wandelnder ist, kann den Weg dahin geschwinder in drei Stunden machen. Zu Blankenheim findet man ein sehr gutes Gasthaus und nimmt dort für die Nacht Quartier.

Hier ist man auf der Höhe der Eifel, 1800 bis 2000 Fuß über dem Rheinspiegel. Hier und in der nächsten Nachbarschaft, im Abstand von ein bis zwei Stunden voneinander, entspringen viele Flüsse, die in nördlicher oder südlicher Richtung nach verschiedenen Weltgegenden ablaufen; nördlich die Ahr, Erft, Olfe, Rur, deren Wasser dem Rhein zulaufen, südlich die Lieser, Kyll, Prüm, Dins, Sure, die sich alle in die Mosel ergießen. Manche Täler auf diesen Bergeshöhen sind wunderschön, hie und da ragen auch einzelne mit Wald bekränzte Kuppen hervor, aber der größere Teil dieser Gegend besteht aus kahlen Halden und öden

Hügeln, worüber der Wind durch das Heidekraut und die Wacholdersträucher hinpfeift. Daher heißt dieser Bezirk nicht zu Unrecht die »Wilde oder Hohe Eifel«. Besonders freudenlos aber ist die weithin kahle Gegend zwischen Hünningen und Kronenburg auf der Straße von Malmedy oder Spa nach Blankenheim.

Blankenheim selbst aber: Welchen reizenden Kontrast gibt es gegen das nicht ferne Kronenburg, das zuletzt mit ihm demselben Herrn gehörte! Es scheint, dass seine Stelle unter vielen hunderten von einem klugen Auge ausgesucht war. Gegen die schärfsten Winde durch hohe Waldberge geschützt, lehnt es sich an ein grünes Gehänge und hat unter sich spiegelhelle Teiche und bunte Wiesen, weiterhin aber hohe Bergkuppen ringsumher, alle mit grünem Wald bekränzt. Das nette Städtchen mag im Winter, wenn diese Berge von Wölfen durchheult werden, winterlich genug aussehen, in der fröhlichen Jahreszeit macht es einen gar heiteren, man möchte sagen fast südlichen Eindruck. Hier war vor sechzig Jahren noch der glänzende Sitz der Grafen von Blankenheim-Manderscheid, die in diesen Bergen weite Gebiete hatten. Blankenheim selbst hatte ein schönes Schloss und prächtige Lustgärten, eine von den die Wissenschaft und die Kunst liebenden und fördernden Herren in mehreren Menschenaltern mit großer Sorgfalt und Kenntnis ausgewählte Bibliothek und manche Schätze und Seltenheiten der Kunst und Natur. Von all diesem ist hier keine Spur mehr außer einigen terrassierten Gärten und einzelnen Trümmern des abgebrochenen Schlosses.

...

Nahe an dem Markt von Blankenheim entspringt der Hauptarm der Ahr aus einem mächtig sprudelnden

Born, der sich bald als ein Bächlein ins Tal ergießt. Diesem Bach folgt den andern Morgen der Wanderer, der sich hier erfrischt und ausgeruht hat, und verlässt es dann wieder, um, immer aufsteigend, eine Höhe zu erklimmen, wo das altberühmte Aremberg liegt.

CLARA VIEBIG

(1860–1952)

Die Zigarrenarbeiterin

Alle Tage, Punkt zwölf Uhr, kamen sie den Berg herunter; ihrer sieben, acht. Maria Josefa Brand voran. Ihr blaues, bedrucktes Kleid wehte im Wind, im Nacken flatterten ihr die zerzausten braunen Strähnen, mit den leichtgeröteten Augenlidern blinzelte sie in's Licht.

Ein durchdringender Tabakgeruch ging vor den Mädchen her; er wehte wie ein beißender Dunst aus ihren Haaren, aus ihren Röcken. Sie hatten alle dieselben geröteten blinzelnden Lider, und wenn sie sprachen, klangen ihre Stimmen bedeckt – Zigarrenarbeiterinnen.

Von morgens sieben bis zum Mittag, und dann wieder vom frühen Nachmittag bis an den dunklen Abend, hockten sie zu Ober-Manderscheid in den niedrigen Zimmern der Tabakfabrik. Sie bückten die jungen Leiber über die Gefächer mit den vertrockneten Blättern, emsig raschelten ihre Finger darin; der beißende

Geruch füllte die Augen mit Tränen, ein Kitzelhusten quälte die Kehle. Die Fensterscheiben liefen an in der dicken Luft.

Maria Josefa Brand war die beste Arbeiterin, die flinkste. Sie sah nicht auf, keine Blutwelle färbte ihr blasses Gesicht höher, sie sprach nicht; durch ihre Gedanken surrte es einzig: »Dreißig Pfennig das Hundert, dreißig Pfennig!« Sie presste die Lippen aufeinander, wenn die anderen lachten. Und doch war sie jung. In ihren schlanken Gliedern zuckte es von Leben, das Blut siedete ihr zuzeiten und klopfte verlangend; in beklommenen Nächten warf sie sich ruhelos auf den Strohsack, und hörte sie im Busch ein Liebespaar flüstern, lief's ihr heiß und kalt über. Aber sie sah keinen Burschen an. Sie ließ sich auf keiner Kirmes ein buntes Band oder ein Zuckerherz schenken; sie ging nie zum Tanz.

Unten in Nieder-Manderscheid, in der dunklen Hütte, die wie ein Schwalbennest an die mächtige Burgruine gekleckst ist, saß sie bei dem alten Großvater. Den ganzen Sommersonntag verflickte und verstopfte sie; zerlumpt mochte sie nicht gehen, und in der Woche nahm die Fabrik alle Zeit. Wenn dann die Schatten lang und tief die Bergwände hinab reichten, rieb sie sich die müden Augen – die taten immer weh vom beißenden Tabaksdunst – gähnte und reckte die bräunlichen Arme über'm Kopf.

»Woar giehste?« fragte der alte Großvater.

Der war immer argwöhnisch, er traute niemandem; sehen konnte er nicht mehr gut, hören erst recht nicht, er lebte in einer Zeit zwanzig Jahr zurück. Winters und Sommers kauerte er beim Herd, schneeweiße Bartstoppeln um den verwitterten Mund, ein kindisches Blicken in den blassblauen Augen. Heraus ans Licht mochte er nicht, wohl war ihm nur drinnen in der dumpfen Luft; unwillig knurrte er, tänzelte durch den Türspalt ein vorwitziger Sonnenstrahl und bestrich ihm golden die schmutzigen Hände.

»Woar giehste, Lena?« fragte sein zahnloser Mund, wenn die Enkelin am Sonntag sich reckte. »Gieh net danzen – Jesses!« Und dann fuhr er sich mit beiden Händen in die struppigen Haare und wiegte den Kopf hin und her: »Heilge Maria, Moddergotts, bitt for ons, jetz on in der Stunde onses Todes! Hähr, erbarm dech ihrer!«

»Großvadder« – Maria Josefa schrie ihm laut in die Ohren »ech sein net et Lena! E ne, ech giehn net danzen!«

Der Alte grinste befriedigt und tappte sie auf den Kopf: »E su es et recht, Lena – jao, jao!«

Ungeduldig schüttelte sie seine Hand ab, dann warf sie die Lippen mit einem verächtlichen Zucken auf: Ba, tanzen! Sie ging nicht tanzen, sie war nicht wie ihre Mutter, die Lena, die jeder Fiedel nachspringen musste. Was war denn auch das End' vom Lied gewesen? Einer hatte die sitzen lassen, mit einem Kind dazu; der Vater hatte sie geprügelt und die Leute hatten sie ausgelacht – man glaubt gar nicht, wie grausam die Menschen sind! Alt war die Lena nicht geworden, sie lag schon lange oben auf dem Kirchhof; ihr Kind war beim Großvater aufgewachsen – »Maria Josefa, wuh haste denen Vadder?!«

Maria Josefa kannte die ganze Geschichte schon, als sie noch nicht zehn Jahre alt war; um den Kindermund lag ein frühreifer Zug, die Mundwinkel waren herabgezogen:

Nicht tanzen gehn, keinen Burschen ansehn, das war das Rechte! – Mit dem Fuß stieß Maria Josefa die Hüttentür auf und ließ sie knarrend hinter sich ins Schloss fallen; die nägelbeschlagenen Schuhe trappten über's Geröll. Sie hatte nicht weit, die Rückwand der Hütte lehnte sich gegen den trotzig aufragenden Wachtturm. Nun war sie mitten zwischen den Ruinen.

Dämmrig war's schon in dem alten Gemäuer. Aufgeschreckte Vögel fuhren krächzend zum Turm heraus, in den Ecken raschelte und rieselte es; leise kam es geschlichen und drückte sich an ihre Füße. Mit einem Lachen bückte sie sich und hob eine graue Katze, noch ein junges, kaum ausgewachsenes Tier, auf den Arm. Die Freude färbte ihre Backen rot. »Miez, Miez!«

Die Graue schnurrte und schmeichelte, mit dem Kopf stieß sie gegen die Brust des Mädchens.

»0 dau« – Maria Josefa presste das Tier an sich, vor Zärtlichkeit biss sie die Zähne aufeinander, dass sie knirschten – »wuh warste e su lang? 0 dau – Miez, Miez!«

Die Katze antwortete, leise miauend; aus schrägen grünen Augen blinzelte sie die Herrin an, dann strampelte sie und hüpfte mit einem Satz aus den haltenden Armen. Den Schwanz hoch erhoben, den Kopf immer wieder zurückwendend, ob man ihr auch folge, eilte sie auf die dunkelste Ecke zu. Was hatte sie da?

Maria Josefa kam neugierig näher – die Graue mauzte, ein dünnes Quietschen wie Mäusepfeifen antwortete – das Mädchen fuhr zurück. Sieben kleine blinde Katzen lagen da auf einem Knäuel zwischen dürrem Laub und Reisig, wie im Nest. Die Graue stellte sich drüber her mit gespreizten Beinen, gurrte gleich einer Taube, wendete die unbehilflichen Dinger hin und her und leckte sie zärtlich. Quietschend drängten sich die Jungen an den schlotternden Leib der Mutter.

»Ba!« Maria Josefa verzog den Mund und spuckte aus. »Ba, dau eklig Dier!« Keine Spur von Freude war mehr in ihrem Gesicht; böse, mit zusammengezogenen Brauen starrte sie auf die junge Brut. Als die Graue schwänzelnd und schmeichelnd um ihr Kleid strich, hob sie den Fuß zum Stoß: »Dau sollst net – ech will net!« Ein gepresster Atemzug hob ihr die Brust; die Augen klein zukneifend wandte sie sich ab.

Die Steine prasselten unter ihren Tritten, an dem Brombeergestrüpp blieb ein Fetzen des blauen Rockes hängen, die Dornenranken schlugen ihr an die Waden. Nun schwang sie sich in die hohle Fensterbrüstung des alten Turmes und guckte gedankenlos ins Weite.

Die paar Häuser von Nieder-Manderscheid lagen schon grau im Grau, verschluckt vom Dunkel in der Schlucht; die Berghänge düsterten, ihr kurzes Grün ins Schwärzliche spielend, nur jenseits, ganz auf der Höhe, lag Ober-Manderscheid mit dem spitzen Schieferkirchturm, gebadet in Abendlicht. Von dort kam Gesang; der wehte nieder und brach sich tiefer an den schwärzlichen Schründen. Das waren die jungen Burschen und Mädchen! Am Sonntag gingen sie gern den Bergrand entlang, johlten sich zu und schmissen polternd Steine die Schlucht hinunter in die schäumende Lieser. Jetzt sangen sie ein Liebeslied; langgezogen hallten die Töne, sie erstarben nicht, immer folgten neue.

Die Einsame zuckte zusammen und presste die Hände an die Ohren. Lange kauerte sie so auf dem gefährlichen Sitz, die Füße herunterbaumelnd, mit den Hacken unablässig an die morschen Steine klopfend. Unter ihr der Abgrund.

Als sie die Hände von den Ohren ließ, klang kein Liebeslied mehr; einzig die Lieser rauschte und murrte, und die Fledermäuse schwirrten. Es war Nacht. Maria Josefa fürchtete sich nicht; so war ihr Sonntagsvergnügen immer. Langsam schlorrte sie zum Großvater heim. Jetzt stolperte sie über die Steine, sie hatte den Kopf zurückgeworfen und sog mit geblähten Nasenflügeln die feuchte Nachtluft ein.

»Laoß se singen«, murmelte sie trotzig – »laoß se! Dreißig Pfennig dat Hunnert, dreißig Pfennig – ech verdeenen Geld, ech haon niemand nedig – ech will ken Schatz – ech sein net wie et Lena!« Sie lachte kurz auf; im Gemäuer hallte es wider. Jetzt fuhr sie zusammen; es huschte was an ihr vorüber – die Katze! Mit einem Schimpfwort griff sie nach einem Stein und schleuderte ihn ihr nach ins Dunkel.

Oben zu Manderscheid in dem neuen weißen Haus, das im Sonnenschein grell leuchtet, wohnte einer, der war anders als all die anderen im Dorf. Der war fein, ein Stadtherr, und von weit hergezogen; die Leute begriffen das eigentlich nicht. Er strich durch die Wälder und jagte, oder er saß herum und malte; in der Burgruine war er halbe Tage, selbst der alte Großvater schlurfte in die Hüttentür und stierte hinüber.

Maria Josefa kannte den Fremden auch – er hatte ein Gesicht wie der Ritter Georg, der den Lindwurm tot sticht, und Augen, die sahen einem durch und durch; sie musste die entzündeten Lider niederschlagen, wenn er ihr begegnete. Es war wie verhext; immer beim Mittagläuten, wenn sie den Berg hinuntersprangen, ihrer sieben, acht – Maria Josefa voran – dann kam er herauf. Er bot guten Tag, die Mädchen grüßten verschämt wieder; die eine, die dickliche Trina, versteckte kichernd ihr einfältiges, gedunsenes Kindergesicht hinter Maria Josefas Rücken. Nur die grüßte nicht. Eine unsichtbare Hand drückte ihr das Genick nieder, und doch wollte es ihr wieder den Kopf in die Höhe reißen; sie wusste selbst nicht, wie komisch das war. Er sah sie besonders an, sie fühlte das. Wie gepeitscht jagte sie voran, dass das Geröll hinter ihr drein prasselte; unten am Berg musste sie innehalten, der Atem war ihr ausgegangen. Scheu sah sie sich um – da stand er noch.

Und eines Tages kam er in die Fabrik, kaum konnte seine hohe Gestalt durch die niedrige Tür. Er schaute sich überall um, der Aufseher führte ihn durch jeden Raum. »Sehr interessant, wirklich sehr interessant«, sagte er zu ihm, trat an jeden einzelnen Tisch, fasste die Zigarren an, besah sie sich genau und legte sie dann lachend wieder hin. »Es ist wirklich aller Ehren wert, dass Sie das hier in dem entlegenen Dorfe zustande gebracht haben, das bringt Verdienst unter die Leute. Wie viel gibt's denn fürs Hundert?«

Er stand dicht vor Maria Josefa und sah auf sie nieder. Ihre Finger zitterten, das Deckblatt zerriss, der Einlegetabak quoll heraus, der Wickel war unbrauchbar. Unwirsch warf sie ihn der dicken Trina zu; die riss verwundert die Augen auf – das war der Maria Josefa kaum je passiert!

»Ungeschickt gewesen?!«

Der Fremde sagte es gar nicht spöttisch, und doch trieb der Ton dem Mädchen das Blut in die Wangen; was hatte er zu fragen? Blindlings griff sie nach einem neuen Wickel; es flimmerte ihr vor den Augen, die Hand des Herrn mit den blanken Nägeln und dem blitzenden Ring wühlte in den raschelnd braunen Blättern und ließ sie spielend durch die Finger gleiten. Was war das für eine schöne Hand, nicht so knotig um die Gelenke, wohl gebräunt aber doch nicht wie Leder, und weich dabei! Ob er ein Mädchen hatte, von dem der blitzende Ring war? Wie musste die wohl aussehen, die dem gefiel – ?!

Sie schrak zusammen. »Nun, wie viel bekommt ihr fürs Hundert? Wie viel kriegst du fürs Hundert Kind?« Er sprach zu der Trina, die wusste nicht zu antworten, die war so dumm! Scham kam über Maria Josefa; was musste er von ihnen allen denken? Eine glühende Blutwelle schoss ihr ins Gesicht bis unter das braune Gekräusel an den Schläfen – wenn sie das auch noch so mit Wasser strählte und zurückzerrte, es ringelte sich immer neu – sie räusperte sich, der Tabaksstaub kitzelte sie im Halse, und dann sagte sie laut: »Dreißig Pfennig für't Hundert, Herr!« Sie mühte sich, hochdeutsch zu sprechen.

»Nur?!« Die Hand mit dem blitzenden Ring ließ das Wühlen in den trockenen Blättern. »Und wie viel Hundert bringt ihr am Tag fertig?«

»Vierhundert, fünfhundert, je nachdem; ich verdienen als eine Mark zwanzig den Tag – ich verdienen äwer auch am meisten!«

Sie sagte es stolz, sie fühlte sich plötzlich als die beste, die flinkste Arbeiterin.

»Armes Ding!« Seine Hand legte sich ihr auf die Schulter; schwer, warm, drückte die da. Durch das dünne Blaudruckkleid fühlte sie's, es rieselte ihr von dort über den Arm und den Rücken hinunter. Heiß und kalt ging es ihr durch die Adern. Sie hätte den Kopf nicht heben können, um alles in der Welt nicht; sie senkte ihn tiefer und tiefer. Ungeschickt fassten ihre Finger in die Blätter.

»Das ist wenig – eine Mark zwanzig – lieber Gott!« Seine Stimme klang bedauernd. »Warum geht ihr nicht in Dienst? Da habt ihr's doch besser!«

Die umsitzenden Mädchen stießen sich an und kicherten – so dumm, so einfältig – die verstanden ja gar nicht, was der Herr eigentlich sagte! Maria Josefa verstand ihn, sie verstand, dass er sie bemitleidete; und sie wollte kein Mitleid, von dem da am allerwenigsten. Sie machte eine heftige Bewegung, dass die lastende Hand ihr von der Schulter glitt, trotzig sah sie von unten herauf; die dunklen Augen unter den halbgesenkten entzündeten Lidern hatten noch ungetrübten Glanz. »Mir sein net arm, ech brauchen kein Mitleid, ech brauchen niemand! In Dienst? Ne!« Geringschätzig verzogen sich ihre Lippen, sie warf ihm von der Seite einen schnellen Blick zu, er fing den auf und hielt ihn fest. Ihre Lider zwinkerten – was half's, sie musste aushalten, sie musste ihn voll ansehen, während ihre Finger mechanisch die Zigarre drehten und in ihren Knien ein Beben entstand, als wäre sie stundenlang über steiles Geröll bergab gelaufen.

»So« – der Fremde wendete sich jetzt langsam ab – »und ich dachte, Sie würden vielleicht bei mir in Dienst kommen. Ich suche ein junges Mädchen, das der alten Frau in meinem Hause hilft. Also Sie wollen nicht? Na, seien Sie nicht zu fleißig – adieu!«

Er nickte ihr zu, ihr ganz allein, so schien es ihr; er hatte sie auch »Sie« genannt, Krufts Trina nur »Du« – und in Dienst hatte er sie nehmen wollen, warum gerade sie – gerade sie – ? »Ne, ne!« Maria Josefas Wangen flammten, aufspringend stieß sie an den Tisch, dass eine Handvoll Zigarren herunterkollerte.

Die andern drehten einen Augenblick verwundert die Köpfe nach ihr, dann bückten sie sich wieder über die Arbeit. Man hörte nichts als das Rascheln des dürren Krauts und ab und zu ein trockenes Hüsteln. Bräunlicher Staub flog umher, bei jeder Bewegung flatterte der Tabaksgeruch aus den Kleidern, den Haaren der Mädchen; ein beißender Dunst stieg zur weißgetünchten Decke und kroch schwer die Wände entlang.

Heut hatte Krufts Trina mehr Tagelohn als Maria Josefa; die sprang heute auch nicht den anderen voran, den Berg hinunter, missmutig schlenderte sie hintendrein. Morgen war Sonntag. Sie hörte die Mädchen einander erzählen; jede hatte ihren Schatz, selbst die dickliche Trina mit dem gedunsenen einfältigen Kindergesicht hatte einen. »Hän gieht met mer danzen morjen«, sagte die Trina und zog den Mund breit – »ze Bleckfeld es Kirmes, mir maachen daorhin ju!« Sie lachte, und die andern lachten auch.

Wie im Traum hörte Maria Josefa das Geschwätz. Hinter ihr läutete das Abendglöcklein vom spitzigen Schieferkirchturm, in jedem Glockenton war was von Freude; sanft schwebte der Klang über die Dächer von Ober-Manderscheid und über den Kirchhof mit den weißen Kreuzen am Bergrand.

Maria Josefa stand still und blickte zurück, sie musste plötzlich an ihre Mutter denken – die lag da.

Die Häuser von Nieder-Manderscheid sind verschwunden, ganz versunken in Duft. Die Hänge der Schlucht sind nicht mehr grünschwärzlich gefärbt, lange weiße Nebel steigen an ihnen auf und ab. Die Lieser rauscht wild und weißschäumend, von stürzenden Güssen geschwellt. In den dampfenden Wäldern schreien die Hirsche; nächtens dringt der brünstige Schrei bis an die Hütten, bricht sich an den Felswänden und verschwebt in einem hohlen Echo.

Maria Josefa saß wachend auf ihrem Strohsack und hielt sich die Ohren zu; sie hörte doch jeden Schrei, und dann zuckte sie zusammen. Fürchtete sie sich?

Drüben an der Wand lag der alte Großvater und schnarchte; er röchelte manchmal so, dass sie aufstand, Licht anzündete und zu ihm hinging. Er sah aus wie ein Toter, die Augen eingesunken, der Mund offen; aber er war warm, er schlief nur. Sie stand lange vor ihm; riesengroß warf das Licht ihren einsamen Schatten an die Wand und flackerte gespenstisch über das verwitterte Greisengesicht. Der heiße Talg tropfte nieder auf ihre nackten Füße; mit großen gedankenlosen Augen, ohne Gefühl, starrte sie immer geradeaus, und dann schauerte es sie plötzlich, dass sie sich schüttelte.

Sie blies das Licht aus und sprang mit einem Satz auf ihren Strohsack zurück. Sie krümmte sich zusammen, um sich zu erwärmen, sie fühlte die Weichheit der eigenen Glieder, ihr Herz begann zu klopfen, wild und ungestüm; es schlug ordentlich gegen die Rippen. Allerhand Bilder zogen an ihren zugekniffenen Augen vorüber – wie Krufts Trina verliebt ihrem Schatz am Hals hing! – wie die Frau vom Aufseher in der Fabrik ihr Kleines an der Brust hatte! – oh, wie die selig waren! – Der Schweiß trat ihr auf die Stirn. »Dreißig Pfennig das Hundert, dreißig Pfennig – niemand nötig« – das war ein Zauberspruch gewesen. Früher hatte sie sich den immer vorgesagt und war ruhig geworden, stolz; jetzt nicht mehr. »Armes Ding«, hatte er gesagt; trotz der dreißig Pfennig!

»Jesus Maria!« Sie faltete die Hände. So viel hatte sie noch nie gebetet wie in den letzten Monaten; sie hatte Angst, und doch war's zum Lachen; einen Tag war sie zerknirscht, den anderen hob sie hochmütig den Kopf über die Gefährtinnen. Welche von denen konnte sich rühmen, dass ein feiner Herr ihr nachging, der ein Gesicht hatte wie der heilige Georg, und eine Hand, an der ein blitzender Ring steckte?! Mit dieser Hand hatte er ihr sanft um Backen und Kinn gestrichen, neulich in den Ruinen – und gestern –?!

»Jesses!« Sie schlug mit den Armen um sich, als lange sie nach etwas – nichts! Alles leer, alles dunkel – doch nein, halt! Hinter dem Herd kam's hervorgekrochen, mauzte kläglich und schmiegte sich an ihren zitternden Leib. Die Graue war's! Die war nun auch ganz allein, all ihre Jungen tot! Mit eigener Hand hatte Maria Josefa die in den Bach geworfen, wirbelnd waren die kleinen Leiber dahingerissen worden; teilnahmslos hatte sie ihnen nachgestarrt. Aber als die Graue, jämmerlich klagend, ihr verödetes Nest umstrich, mit gesträubtem Fell und gekrümmtem

Schwanz jeden Winkel durchsuchte, da waren Maria Josefa Tränen in die Augen geschossen; mit einem dumpfen Laut hatte sie die Katze umschlungen. Seit der Zeit waren sie unzertrennlich – waren sie nicht beide allein?

Leidenschaftlich zärtlich drückte Maria Josefa jetzt das Tier an sich, ihre Hände krampften sich ins Fell und zausten daran. Dann hob sie die Katze in die Höhe, wie man, spielend, im Übermaß von Liebe ein Kind hebt. Die Katzenaugen funkelten über ihr in grünlichem Licht, zwei feurige Punkte im Dunkel. »Hä, haste mich lief, gel dau, gel?!« Die Graue knurrte, die Stellung war ihr unbequem; sie kratzte nicht, aber sie legte die scharfen Krallen um die haltende Hand.

Ernüchtert ließ das Mädchen die nackten Arme sinken. Huh kalt! Herbst. Bald kam der Winter. Und die Hütte so elend, und die Nächte so lang, und immer, immer allein! Früher hatte sie nie daran gedacht; die Fabrik und Kaffee und Kartoffeln und Hitze und Kälte, das war zu denken genug – aber jetzt ?!

Schaudernd zog sie die lumpige Decke bis ans Kinn; die Katze legte sich ihr auf die Brust. Jetzt wurde sie warm, aber sie konnte doch nicht schlafen, die Hirsche schrien dumpf im nahen Wald – durchs Dunkel bohrten sich zwei Augen in die ihren, Augen, die einem durch und durch sehen – und eine Hand fuhr vor ihr hin und her, kam näher und näher, strich ihr so nah über Wangen und Kinn, dass sie den Lufthauch spürte, streckte sich aus nach ihrer Schulter, nach ihrer Brust.

»Ha!« Mit einem dumpfen Angstschrei fuhr Maria Josefa empor, dass die Katze von ihrer Brust herunterkollerte. Mit einer wilden Gebärde warf sie die Arme über den Kopf, sie schluchzte: »Ne, ne – ech duhn et net – doch net – un doch net!« –

Wie der Tag langsam heranschleicht, wie er sich dann hinquält.

Schwer zerschlagen schleppte Maria Josefa ihre Glieder, ihre Augenlider waren entzündeter als sonst. Sie hatte wild in der Fabrik gearbeitet, die Zigarren flogen unter ihren Händen; beim Mittagsläuten war sie den Berg heruntergestiegen, weit, weit hinter den andern – da stand er. Er sagte »Guten Tag« und lachte sie an. Sie hatte wieder lachen und »Guten Tag« sagen müssen, er war doch so schön, ein zu feiner Herr – und wie der Ring an seiner Hand blitzte! Der einzige Strahl der bleichen Herbstsonne funkelte darauf. Lange hatte er auf sie eingeredet.

Und jetzt war es Abend. Draußen alles versunken in tiefes Grau. Stürmisch tost die Lieser und schlägt übers Ufer. Im Wald schreien die Hirsche – Jagdzeit.

Im engsten Winkel der Hütte hockt Maria Josefa, zusammengekauert wie eine Schuldbeladene; undeutlich sieht man sie, kein Licht wird gebrannt – nur das Reisigfeuer auf dem Herd leuchtet. Sie hält die Katze mit beiden Armen umklammert; jetzt bückt sie sich noch tiefer und legt den Kopf auf das weiche Fell. Sie atmet hastig –

Was hatte er gesagt? – »Maria Josefa, komm heraus – heut abend, hinter den Ruinen, im Wald bei der großen Tanne – Maria Josefa, du musst kommen – komm, Maria Josefa, komm!«

»Woar giehste?« fragt der alte Großvater hinterm Herd und blinzelt mit den blöden Augen.

Sie gibt keine Antwort; schwerfällig ist sie aufgestanden, mit schlotternden Beinen geht sie zur Tür.

»Woar giehste –?«

Die Tür schlägt zu. Draußen steht Maria Josefa im Dunkel. Mit Nebeln ist die Welt verhangen. Der Nachttau fällt ihr gleich Tränen aufs Haar, ihre Kleider werden feucht. – Komm, Maria Josefa, komm – komm – !

Mit durstig geöffnetem, heißem Mund, mit klopfenden, fiebernden Pulsen geht Maria Josefa durch die Nacht, erst langsam, dann rasch. Da braust die Lieser, da ragen die Ruinen wie schwärzliche Klumpen – jetzt, jetzt rauschen die ersten Waldbäume!

Sie geht rasch und rascher, sie stolpert, sie rafft sich auf, sie läuft, ihre Füße rascheln im dürren Laub; ihr Atem fliegt, sie erschrickt vor dem eigenen Keuchen. Unter dem fadenscheinigen Kleid zittert und bebt ihre Brust, ihre Stirn glüht; da ist kein Sinn, kein Gedanke, nur ein Pochen, ein Jagen und ein Drängen.

Mondschimmer gleitet über den Weg, ein Vogel schwirrt auf – sie rennt und rennt.

Da ist die Tanne, an ihrem Stamm ein Schatten, eine Gestalt! Sie stürzt voran, die Arme vor sich gestreckt, den Kopf hintenüber geworfen –

Und doch!

Als das Frühjahr kam, tanzte Maria Josefa auf jeder Kirmes, an jedem Sonntag. Sie tanzte wild, mit wehenden Haaren, mit flatternden Röcken und funkelnden Augen. Wenn sie müde war, ging sie auf den Kirchhof zum Grab ihrer Mutter. Da saß sie.

Das Grab war eingesunken, Unkraut und Gras wucherten darauf; am morschen Holzkreuz hing ein zerzauster Kranz.

FRIEDRICH SPEE VON LANGENFELD

(1591–1635)

Lob Gottes

Jetzt wickelt sich der Himmel auf,
Jetzt bewegen sich die Räder,
Der Frühling rüstet sich zum Lauf
Umgürt mit Rosenfeder.
O wie so schön, wie frisch und kraus

Wie glanzend Elementen!
Nit mögens gnugsam streichen aus
Noch Redner noch Skribenten.
O Gott, ich sing von Herzen mein,
Gelobet muss der Schöpfer sein.

O reines Jahr, o schöner Tag,
O spiegelklare Zeiten.
Zur Sommerlust nach Winterklag
Der Frühling uns wird leiten.
Im Luft ich hör die Musik schon,
Wie sich's mit Ernst bereite,
Dass uns empfang mit süßem Ton
Und lieblich hin begleite

Die Blümlein, schau, wie tretens an
Und wunderschön sich arten
Violen, Rosen, Tulipan,
Die Kleinod stolz im Garten,
Jazynthen und Gamanderlein
Dann Safran und Lavendel,

Auch Swertlein, Lilgen, Nägelein,
Narciß und Sonnenwendel.

Bals auch die zahm und fruchtbar Bäum
Sich freudig werden zieren
Mit weichem Obst, mit Kinderträum,
Nüß, Äpfel, Kirsch- und Bieren.
Die Bieren gelb, die Äpfel rot,
Wie Purpur die Granaten,
Die Pfersich bleich wie falber Tod,
Die Kirschen schwarz geraten.

Die reinen Flüss, kristallenklar,
Verbrämt mit grünen Weiden,
Von Schatten schier bedecket gar,
Die Sonnenhitz vermeiden;
Sich üben dort im Schwimmen viel
In Schnee gefärbte Schwanen,
Dort haltens ihre Freudenspiel
Auf glatten Wasserbahnen …

GIACOMO CASANOVA

(1725–1798)

Zum Ball an den kurfürstlichen Hof

Am Tag, an dem der Ball stattfand, fuhr ich bei Einbruch der Nacht ganz allein in einer kleiner Postkutsche und mit zwei Dominos in einem Koffer ab; ich trug einen Anzug, in dem mich noch niemand gesehen hatte. In Bonn mietete ich ein Zimmer, wo ich mich maskierte und den anderen Domino und den Koffer zurückließ. Ich sperrte es ab und begab mich in einer Sänfte an den Hof.

Von niemandem erkannt, sah ich alle Damen Kölns und an einer Pharaobank ohne Maske die schöne X, die um Dukaten spielte. Im Bankhalter erkannte ich mit Freuden den Grafen Verità aus Verona, den ich in Bayern kennen gelernt hatte. Er stand im Dienst des Kurfürsten. Seine kleine Bank bestand nur aus fünfhundert oder sechshundert Dukaten; die Gegenspieler waren etwa zehn bis zwölf Herren und Damen. Ich stellte mich neben Madame X. Der Bankhalter gab mir ein Blatt und hielt mir die Karten zum Abheben hin. Ich verzichtete, und Madame X hob selbst ab.

Ich begann damit, zehn Dukaten auf eine einzige Karte gegen die Bank zu setzen; sie verlor viermal nacheinander, und beim nächsten Spiel erging es mir ebenso. Beim dritten Spiel wollte niemand abheben. Der Bankhalter bat den General, der nicht mitsetzte, und dieser hob ab. Das schien mir glückverheißend; ich setzte fünfzig Dukaten und gewann ein Paroli. Im folgenden Spiel sprengte ich die Bank. Alle waren neugierig; ich sah mich verfolgt, aber es gelang mir zu entkommen. Ich ließ mich zu meinem Zimmer tragen, wo ich den Domino wechselte und mein Geld zurückließ …

Als Madame X mich erblickte, sagte sie, sie hätte sich getäuscht, denn sie hätte gewettet, dass ich der Maskierte gewesen sei, der die Bank des Grafen Verità gesprengt hätte. Ich antwortete, ich sei eben erst angekommen.

Als mich jedoch nach Schluss des Kontertanzes Graf Verità erspähte, erklärte er, meine Anwesenheit auf dem Ball bestätige ihm, dass niemand anderer als ich die Bank gesprengt hätte; ich ließ ihn reden, leugnete stets, und nach einem kleinen Imbiss am Buffet tanzte ich weiter. Zwei Stunden später sagte Graf Verità lachend zu mir, ich hätte den Domino gewechselt, und er wisse auch, wo mein Zimmer sei.

»Der Kurfürst«, erklärte er, »hat alles erfahren, und um Sie für diesen Schelmenstreich zu bestrafen, befahl er mir, Ihnen auszurichten, dass Sie morgen nicht abreisen werden.«

»Wird er mich verhaften lassen?«

»Warum nicht, wenn Sie sich weigern, morgen mit ihm zu Mittag zu speisen?«

»Ich werde gehorchen. Wo ist er? Bitte, stellen Sie mich gleich vor.«

»Er hat sich bereits zurückgezogen, aber kommen Sie morgen Mittag zu mir.«

Als er mich vorstellte, war Seine Durchlaucht von fünf oder sechs Höflingen umgeben; ich machte ein dummes Gesicht, denn da ich ihn nie gesehen hatte, suchten meine Augen jemanden in geistlichem Ornat, und ich entdeckte keinen. Er selbst befreite mich aus meiner Verlegenheit, indem er in venezianischem Dialekt zu mir sagte, er sei als Hochmeister des Deutschen (Ritter) Ordens gekleidet. Ich machte dennoch den kleinen Kniefall, und als ich ihm die Hand küssen wollte, zog er sie zurück und schüttelte die meine.

Er sagte, ich sei während seines Aufenthaltes in Venedig unter den Bleidächern gewesen; sein Neffe, der Kurfürst von Bayern, habe ihm berichtet, dass ich mich auf der Flucht in München aufgehalten hätte. Wenn ich statt nach München nach Köln gekommen wäre, hätte er mich nicht fortgelassen. Er sprach den Wunsch aus, ich solle ihm nach dem Essen von meiner Flucht berichten und zum Souper und zu einer kleinen unterhaltsamen Maskerade bleiben.

Ich versprach, ihm die ganze Geschichte zu erzählen, vorausgesetzt, dass er die Geduld habe, sie anzuhören, denn der Bericht dauere zwei Stunden; ich brachte ihn zum Lachen, als ich ihm den kurzen Wortwechsel wiederholte, den ich über diesen Punkt mit dem Herzog von Choiseul gehabt hatte.

Während des Essens sprach Seine Durchlaucht auf Venezianisch mit mir und fand huldvolle Worte. Er war heiter, und bei seinem gesunden Aussehen hätte kein Mensch geahnt, dass sein Leben so kurz sein würde. Er starb ein Jahr darauf

H. HOFFMANN VON FALLERSLEBEN

(1789–1874)

Aus den Anfängen der Universität Bonn

Die Universität Bonn war am 18. Oktober 1818 durch Friedrich Wilhelm III. gestiftet worden. Schon zu Michaelis fanden sich einige Professoren und Studenten ein, eröffnet wurde sie eigentlich erst zu Ostern 1819 und zwar mit 219 Zuhörern.

Unter den Professoren waren bedeutende Namen, besonders in der philosophischen Fakultät. Bald zeigte sich, dass sie als Lehrer ebenso unbedeutend waren wie früher bedeutend durch ihre Schriften. Der Kollegia, die unsereiner hören mochte, waren wenig, und diese wenigen entsprachen durchaus nicht den Erwartungen, mit denen man in den Hörsaal trat.

So las Schlegel Geschichte der neueren deutschen Literatur. Das war nicht viel besser, als wenn man gelegentlich einem Fremden erzählt, dass wir Deutschen auch eine schöne Literatur haben. Dabei brachte er alle wichtigen Erscheinungen mit sich in Beziehung, und wenn er auf Goethe und Schiller zu sprechen kam, so vergaß er nie »mein unsterblicher Freund« hinzuzufügen.

Die Studentenwelt war ungleich besser vertreten als meine philosophische Fakultät. Fast alle deutschen Universitäten hatten ihren Beitrag geliefert, namentlich Jena. Es waren meist alte Burschen, viele Mitglieder der Burschenschaft, einige sogar Vorsteher derselben. Sie waren begeistert für die Ideen dieser zeitgemäßen Verbindung und verfochten ihre Ansichten mit dem Worte wie mit dem Schläger. Des gewöhnlichen Studententreibens satt, hatten sie sich der Wissenschaft ernster zugewendet und strebten mit Eifer und Mut nach einem edlen, sittlichen Leben für sich und andere und nach Erwerb einer tüchtigen wissenschaftlichen Bildung, alles zu Nutz und Frommen des Vaterlandes. Sie übten durch Erfahrung, Einsicht und Beispiel eine Herrschaft aus, der sich die jüngeren Studenten gerne fügten, zumal niemand in seiner jugendlichen Heiterkeit und seinem sonstigen, selbst absonderlichen Wesen sich gestört fühlen konnte. So wurden die ersten Ankömmlinge die Gründer eines Studententums, das sich trotz der baldigen störenden Eingriffe der Regierung herrlich entwickelte.

Die Bürger wussten nicht, was aus ihnen und ihrer guten Stadt Bonn noch werden sollte. Sie hatten weder von einer deutschen Universität noch von deutschen Studenten die geringste Ahnung. Sie kannten nur die französischen Bildungsanstalten; was im Vaterlande bestand und vorging, war ihnen fremd geblieben. Sie wunderten sich nicht wenig, dass Professoren so hochangesehene Leute waren, bei ihnen hieß ja jeder Schulmeister Professor. Dass Studenten ganz was Besonderes sein sollten, konnten sie nicht begreifen; waren sie doch selbst Studenten gewesen, denn wer eine Schule besuchte, besonders eine sogenannte lateinische, war ein Student. Es dauerte eine Zeit, ehe sie an das freie, muntere Wesen der Studenten und ihre Sitten und Gebräuche sich gewöhnten und sich darein fanden, mit ihnen die besuchtesten Vergnügungsörter teilen zu müssen. …

Kommerse und Bälle waren unsere gemeinschaftlichen Vergnügen, woran sich jeder beteiligen konnte. Wollte sich einer sonst erholen oder belustigen, so gab es Gelegenheit genug. So fand sich immer nachmittags ein kleiner Kreis von Freunden und Bekannten ein auf der Vinea Domini, damals noch eine Kaffee- und Weinwirtschaft. Die Aussicht auf den Rhein und nach dem Siebengebirge war reizend und der Aufenthalt unter dem Schatten der Bäume, umspielt von der frischen Rheinluft, erquickend. …

Das eigentliche Studentenleben, dem ich mich bisher nicht gut entziehen konnte, bekam ich nach und nach satt. Ich beschränkte mich lieber auf einen kleinen

Kreis von Freunden, und auch diesen war es ein Bedürfnis, sich über die Fragen des Tages und wissenschaftliche Dinge, die uns am Herzen lagen, gegenseitig ruhig und gemütlich aussprechen zu können. Ich hatte in Kessenich eine kleine Bauernwirtschaft entdeckt, wo man guten Wein und Butterbrot billig haben konnte. Hinter dem Hause war ein Baumgarten (Bungert) mit einem Pfahltisch und Pfahlbänken. Dahin führte ich auch meine Freunde, und wir konnten da bei unserm Schöppchen stundenlang sitzen, sahen in das frische Grün der Bäume und des Rasens und unterhielten uns.

Mit neuen Plänen und Entwürfen, mit neuer Arbeitslust kehrte ich dann heim in mein stilles Stübchen, um noch zu lesen und zu dichten. Auf dem Tische fand ich ein frisches Blumensträußchen. Das war von Gretchens Hand, und meine Freude daran war auch ihre Freude. Sie war die Tochter meines Wirtes, und obschon dieser ein bürgerliches Gewerbe trieb, er war Porzellanmaler und Steindrucker, so war doch Gretchen ganz wie ein Landmädchen in Tracht, Sprache und Sitten. Sie trug zu Hause, und wenn sie zur Stadt ging, ein perlengesticktes Häubchen; ein großes weißes Tuch über dem Kopfe und wieder darüber, wenn sie etwas zu tragen hatte, den Korb, der auf einem wollenen Kranze ruhte. Sie sprach das eigentliche Bönnsch und wusste alle die Lieder, die man zum Tanze oder im Freien und bei Zusammenkünften zu singen pflegte. Sie hatte eine Freundin, Katharina (Tring); beide waren die hübschesten Mädchen des Dorfes. Ich lernte von ihnen ihre Sprache und ihre Lieder, und wenn sie diese nicht recht vollständig wussten, so schrieben sie in Gesellschaft mit anderen Mädchen und Burschen dieselben auf. Zuweilen tat ich dies denn auch selbst, und Andres, Katharinas Bruder, musste mir helfen, und wir tranken dann ein Schöppchen dazu.

GISBERT HAEFS

(* 1950)

Ein freudiges Ereignis

»Es gibt viele magische Verfahren dieser Art; die meisten sind sprachlich. Manche Leute sagen von sich, sie seien progressiv, und wenn sie es oft genug sagen, glauben sie es auch. Andere okkulte Wörter sind etwa ›Fußball‹ oder ›Demokratie‹, oder ›Dialektischer Materialismus‹, die allesamt, rituell wiederholt, dumpfe Glücksgefühle erzeugen.«

Baltasar Matzbach

Es war kurz nach Mitternacht, an einem feuchten Maiabend. Im dritten Programm lief ein feiner Horrorfilm, mit Zombies und Sauriern und einer Hexe, die warzige Kröten auswrang, um Suppe zu kochen. Ich wunderte mich, dass der Apparat es aushielt, aber da ich nicht weiß, wie die Dinger funktionieren, blieb es fruchtloses Wundern. Die Filmkulisse war teils pastorales 18. Jahrhundert, teils futuristischer Industriekomplex, und allenthalben wuselten Dämonen. Ich fühlte mich heimisch; damals lebte ich in einem modernen Bauerndorf am Rhein, zwischen Bonn und Köln.

Bei gutem Wetter war jenseits des Kappes die Petrochemie von Wesseling zu sehen – auszuhalten nur für Zuschauer, nicht für Mitwirkende. Auch sonst erschien mir der Film überaus realistisch; die Hexe ähnelte einem Bonner Minister und sprach wie er in unverständlichen Formeln. Ihr Gegenspieler, eine Art Chemiedämon, antwortete auf Abrakadabra »HSO 4« oder so; er schien zu gewinnen. Es erinnerte mich an eine Story von Robert Sheckley, in der ein konventioneller Geist und der Buchhalter-Dämon um die Seele eines Jungen ringen. Der Buchhalter gewann. Ich glaube, er war blass und geduckt, aber Buchhaltung ist nicht mein Fach.

In das Gekreisch der Hexe drang ein anderes schrilles Geräusch. Es dauerte einige Sekunden, bis ich begriff, dass es das magische Ferngehör war.

»Hier ich. Wer dort?«

Die Stimme aus der Welt gehörte einem Arzt, den ich flüchtig kannte.

»Robert. Stör ich dich?«

»Ja. Ich beschaue die Wirklichkeit. – Was verschafft mir das Vergnügen?«

»Ich hab ein Attentat auf dich vor.«

»Moment, ich stell den Apparat leiser. – Was gibt's?«

Es handelte sich um gemeinsame Bekannte aus den Wilden Jahren in Bonn – abgebrochener Student, Lehrerin, Sekretärin, Landwirt (dipl. ing. agr.). Ich hatte länger nichts von ihnen gehört. Zu viert waren sie vor einiger Zeit aufs Land gezogen, hatten in der nördlichen Voreifel einen alten Bauernhof übernommen und sich mittels Zugtieren und Naturdung aus der Gegenwart gestohlen. Nun kriegte die Lehrerin ein

Kind; der Gemahl, Wolfgang, hatte Robert soeben angerufen. Ich starrte auf den stummen Horrorfilm, dachte an magische Abwehrformeln in Marions Mund (»in diese böse Welt kann man keine Kinder setzen …«) und fragte mich, was Robert wollte.

»Tja, und jetzt wollen sie, dem Gesetze genügend, neben der antiken Hebamme doch einen richtigen Arzt dabeihaben.«

»Wie kommen sie da auf dich?«

»Bah. Also, die rufen an, wenn's ernst wird. Marion hat regelmäßige Vorwehen; wahrscheinlich geht's im Morgengrauen los.«

»Und was hab ich damit zu tun?«

Es war ganz einfach. Robert hatte seinen Krankenhausdienst tauschen können, aber sein Wagen war zur Reparatur, wegen eines mysteriösen Leidens. Und Robert wähnte unter der Formel »Freiberufler« einen, der sich eben jederzeit Zeit machen kann. Ob er mit einem Taxi zu mir fahren dürfe, wenn es losgehe, um sich dann von mir in die Eifel chauffieren zu lassen?

Um fünf riss mich sein nächster Anruf aus dem Schlaf. Ich entschied mich gegen Rasur und braute einen wuchtigen Kaffee. In dieser Gegend ist das ein schwieriges Verfahren. Das Trinkwasser wird neben den Industrieanlagen aus dem Rhein geschöpft und in Hexentöpfchen mit Chlor versetzt, und wenn man außer Chlor noch Arabica schmecken will, muss das Wasser zuerst einmal durch einen Spezialfilter. Ich war bei der ersten Zigarette, als ein Diesel vorfuhr.

Robert verstaute seine Tasche auf dem Rücksitz meiner alten Karre aus Japanesien und schnallte sich an. Er gähnte und musterte mich von der Seite, zerknautscht und abgründig unbrauchbar; die Segelohren mussten der Griff zum Wegwerfen sein.

»Ausgesucht feines Wetter, was?«

Ich trommelte auf das Armaturenbrett, murmelte eine Beschwörung, zog den Choke und zündete – er sprang an. »Nicht jeder Infant«, sagte ich müde, »kann sich Sterne und zauberische Monarchen an die Krippe winken.«

Theoretisch sollte es hell werden. Die schwarze Magie der Nacht war befallen von Räude oder weißer Lepra. Dicker Morgennebel lag zach über den Feldwegen. Der schwache Nordwind barg mysterische Düfte der Großanlagen von Godorf und Wesseling. Ich schaltete das Gebläse auf *Recycle.*

»Komische Gegend; vor allem, wenn man nix sieht. Wozu gehört das eigentlich?«

Robert war noch nie bei mir draußen gewesen. Ich setzte ihm auseinander, in welcher Weise durch die Zauberformel »Gebietsreform« das Chaos über die Welt gekommen war.

Widdig liegt zwischen Bonn und Köln, war dem Rhein-Sieg-Kreis zugeschlagen worden, mit der Metropole Siegburg weit jenseits des Rheins. Die öffentlichen Verkehrsmittel kommen aus Bonn und Köln, Telefonvorwahl ist die von Wesseling, die Postleitzahl jedoch die von Bornheim, das Postamt steht in Hersel, der Strom kommt aus Brühl, das Wasser aus Urfeld, die Kfz-Zulassung sitzt in Bonn, Kfz-Steuer ist zu entrichten an das Finanzamt Siegburg, Einkommensteuer an das Finanzamt Sankt Augustin. Ferner…

Robert gluckste. »Reicht. Klarer Fall von Vereinfachung durch Reform. – Fahr nicht so wüst.«

Ich gehorchte; Chauffeure sind Domestiken. Wir erreichten die Landstraße, die an Bornheim vorbei aufs Vorgebirge klettert. Oben war die Sicht besser, und ab Heimerzheim konnte man fast normal fahren. Das umzingelnde Land war allerdings kaum zu sehen; die real existierende Voreifel lag unter Watteschwaden und hätte ein fantastischer Ozean sein können.

»Sag mal, glaubst du an Hexen?« Robert blickte bei der Frage geradeaus, als sei die Fahrbahn aufschlussreich.

»Ich kenne ein paar in Lila, aber glauben kann man das nicht nennen. Wieso?«

Er schien einen Rückzieher machen zu wollen und murmelte etwas über Spökenkiekerei in der Eifel. Ich wies ihn darauf hin, dass derlei auch in der Wettervorhersage und im Kanzleramt betrieben wird. Er gab sich einen Ruck.

»Also, die Stadtflüchtlinge. Die erzählen allen möglichen Quatsch. Bringt das Landleben wohl mit sich.« »Meinst du, der IQ der Kühe ist ansteckend?« Statt zu antworten deutete er auf die wogende Watte. »Man könnte ja glatt an Frau Holle glauben. – Marion ist ein bisschen besorgt.«

»Wegen Frau Holle?«

»Nee. Da gibt's ein paar Sachen. Einiges ist nachvollziehbar, medizinisch fassbar. Der Rest? Aberglaube.«

»Na ja, als aufgeklärte Pädagogin hat sie es auch schwer. Beruflich ist sie verpflichtet, an Fortschritt, Bildung und Demokratie aberzuglauben. Und das als Fortschrittsflüchtling auf dem Land. Herbes Los.«

Ich zündete mir eine Zigarette an; Robert wedelte den Rauch beiseite und hustete deklamatorisch. »Das ist nicht das Problem.«

»Was ist es denn dann?«

Er runzelte die Stirn und sonderte einige nur für Initiierte verständliche Bannformeln ab. Auf meine Bitte, dies für Nichtmediziner zu wiederholen, gab er mir einen Überblick über Marions Befinden. In ihrer Familie hatte es seit Generationen zahlreiche Totgeburten und Missbildungen gegeben; sie fürchtete sich davor, nun diese Tradition fortzusetzen. Im sechsten Monat hatte es Probleme mit ihren Nieren gegeben – durch den Embryo waren die Harnwege verschoben und beengt und die Spülung nicht mehr ausreichend. Bei den Untersuchungen stellte sich heraus, dass Marion gegen nahezu sämtliche gängigen Antibiotika immun war. Und die, gegen die sie nicht immun war, bargen Risiken für das Kind.

»Aber Marion hat doch nie was genommen, bei ihrer Abneigung gegen die Pharmaindustrie.«

Robert seufzte. »Ja, schon. Bloß – was so im Gemüse und Wasser und Fleisch ist.«

»Was hat das alles mit Hexen und Spökenkiekerei zu tun?«

»Auf einem Hof in der Nähe wohnt eine alte Frau, die bespricht Tiere und legt Karten und liest aus dem Kaffeesatz und so. Ich weiß nicht warum, aber Marion hat sich mal mit ihr gestritten, und da hat die Alte sie und ihre Nachkommen verflucht. Kann aber auch sein, dass Marion sich alles bloß einredet. Dass diese Flüche eine Rationalisierung ihrer Ängste sind.«

Ich kurbelte das Fenster herunter und warf die Zigarette hinaus. »Du wirfst da aber gewaltig die Begriffe durcheinander. Wenn sie medizinisch fassliche Angst vor Erbschäden hat und dazu eine Hexe erfindet, sollte man das eher als Irrationalisierung bezeichnen, oder?«

Bald darauf dirigierte Robert mich auf einen Seitenweg, der in Serpentinen durch einen dichten Laubwald führte. Es war eine mir unbekannte Abkürzung; allerdings hatte ich den Hof zuletzt vor anderthalb Jahren besucht, im Winter, als nur die Hauptzufahrt frei war.

Einen Moment lehnte ich mich an den Wagen und sah mich um, ehe wir zum Haus gingen, das wie ein guter Geist mit leuchtenden Augen im Wald hockte. Das Gras glitzerte. Irgendwo hörte ich, zum erstenmal seit Jahren, einen Specht; seine Schläge klangen, als kämen sie aus einer weiten Höhlung. Es roch nach frischen und faulenden Hölzern, tausend Arten, nach Laub und Nadeln und Harz. Ich wusste, dass das milchige Frühlicht, in dem Vögel randalierten, durch den Nebel geseiht war, stellte aber eine Verbindung zu den Kühen her; der dicke, satte, geschichtete Ruch des Stalles lag über allem, wie eine getupfte Decke, die das andere nicht erstickt, sondern brütend vermehrt.

Die vier mussten ungeheuer gearbeitet haben. Der baufällige Stall stand fest, ein verrotteter Schuppen war verschwunden und durch einen Holzbau ersetzt. Auch sonst sah vieles besser aus als in meiner Erinnerung.

Vor der Tür stand ein Golf; er gehörte wohl der Hebamme. In der geräumigen Wohnküche wurden wir von Ina und Jürgen begrüßt. Robert verschwand sofort im Gang, der zur Treppe führte. Die Stufen knarrten.

Ina nestelte an ihrer roten Schürze. »Nett, dass du mitgekommen bist.«

Jürgen lehnte an der Tischkante; die Küchenlampe überzog die Glatze mit mattem Blattgold. »Mit dir hätt ich wirklich nich gerechnet«, sagte er.

Beide sahen erschöpft aus. Ina stellte Brot und selbstgemachte Marmelade, eigenen Käse und fremden Aufschnitt hin. Auf dem Kachelherd gluckerte aufgebrühter Kaffee in einer Emaillekanne.

Jürgen kratzte sich den dunkelblonden Bart und sah mich missmutig an. »So. Nachdem jetz alle da sind un du was zu fressen kriechs, kann ich ja an die Arbeit gehn.« Er stieß sich vom Tisch ab und verschwand aus der Tür.

Ina huschte hin und her, verließ die Küche, kam wieder, verließ sie erneut. Ich aß und trank und sah mich um. Bei einem kurzen Treffen in Bonn hatten die vier vor einiger Zeit von den Fortschritten und Umbauten und der Schufterei berichtet – wie Leute von Bergen erzählen, um Ausreden dafür vorzubringen, dass sie nicht über den ersten Hügel kommen. Und als müssten sie sich Mut machen. Nun saß ich in der Bilderbuchküche mit wackligen Fliesen, massivem Tisch, aufgearbeiteten Bauernschränken und leistete Abbitte.

Ich hörte die Treppe; Ina erschien und setzte sich zu mir.

»So. Die nächste Ladung heißes Wasser und Handtücher ist oben. Jetzt können wir bloß noch abwarten und Daumen drücken. Und Kaffee trinken.«

Früher war sie zierlich und blass gewesen, immer ein wenig kränklich. Trotz der Müdigkeit sah sie nun gesund aus; die frische Gesichtsfarbe passte zum Kopftuch auf den kurzen braunen Haaren, und die Hände mit den stumpfen Nägeln waren kräftig.

»Ich erinnere mich an eine gewisse Sekretärin mit knall roten Krallen und Dauergrippe.«

Sie lachte. »Was ist das, Sekretärin? – Hier geht's mir besser.«

»Wie du aussiehst, muss ich dir das glauben.«

»War aber ganz schön hart. Acht Stunden Büro sind öde, mit Klimaanlage und so, aber sechzehn Stunden frische Luft auf dem Bauernhof sind mörderisch.«

Die Tür öffnete sich. Jürgen kam mit einer Blechkanne. Er setzte sie mir vor die Nase, auf den Tisch; dabei grinste er.

»Da, mein unlieber alter Freund. Frische Milch für deinen Kaffee. Grad aus dem Kühler; gestern Abend selbs gezapft.«

Ich kostete und begriff die Ausmaße des homogenisierten Verbrechens der Milchversorgung Rheinland. »Lecker. Kinder, macht doch nen Laden in Bonn auf. Ihr könnt reich werden.«

Jürgen grinste wieder. Ich entsann mich seiner Vorträge über die Wesentlichkeit von Adorno. Die Gebärde, mit der er den Milchtopf auf den Tisch gestellt hatte, war weniger emphatisch, und die Milch war besser.

»Na ja, reich?« Er hob die Schultern. »Is außerdem verboten, glaub ich. Frische Milch is ungesund, da muss ers mal alles kaputtgemacht wern. Demnächs gips dehydrierten Salat.«

»Sagt mal, ihr Naturfreaks, darf man bei euch rauchen?« Ina stand auf und holte einen Aschenbecher. »Logo. Wenn du mir eine ausgibst, rauch ich mit.«

Über unseren Häuptern tat sich was; es klang aber noch nicht wie der große Durchbruch.

Jürgen steckte eine Hand hinter den Latz der Hose und kratzte sich den Bauch. Die alte Vortragstechnik war noch nicht ganz verschwunden; er hielt, ausgehend von Milch, eine Rede über Gesetze, »die Fischern verbieten, in einem bestimmten Seegebiet mit Schleppnetz loszuziehn, wenn Laichzeit is, aber Bayer darf im selben Gebiet Dünnsäure ablassen.«

»Na, was ist denn mit deinen alten Argumenten passiert? Arbeitsplätze; politische Bewusstseinsbildung; Primat der Industrie; soziale Relevanz; das Evangelium nach Marx; Kampf den kleinbürgerlichen Vorstellungen – wie ›Idyll auf dem Lande‹?«

»Scheiß drauf.« Er zog die Hand wieder heraus und deutete mit dem Zeigefinger auf mich. »Aber du wills ja doch bloß provoziern, war bei dir nie anders. Was soll ich mich mit dir zanken? Ich muss die Kühe rausbringen.«

Ina sah lächelnd hinter ihm her; dann wies sie an die Decke. »Jetzt klingt's wie der Ernstfall. Wolfgang will natürlich dabeisein. Hoffentlich müssen wir ihn nicht hinterher verarzten.«

Wolfgang hatte sich zielstrebig auf das Landleben vorbereitet, Landwirtschaft studiert, auf mehreren Höfen gearbeitet; er war der Profi. Marion unterrichtete in einem nahen Städtchen an der Grundschule und hatte in der ersten schwierigen Zeit den Lebensunterhalt beschafft.

Ina spitzte den Mund. Nachdenklich sagte sie: »Hoffentlich geht alles gut.«

»Was soll schiefgehen? Meinst du Marions Ängste wegen Erbschäden? Das hat Robert mir erzählt.«

»Das ist nicht alles.«

»Ach so.« Ich kicherte. »Ich hab nicht an die Hexe gedacht.«

Ina winkte ab. »Alles Quatsch. Nee, sie ist ein bisschen deprimiert, und das ist nicht so gut, glaub ich, wenn man ein Kind kriegt. Ein paar alte Freundinnen, von der lila Truppe, haben sie verflucht und ausgestoßen, weil sie sich nen Jungen wünscht.«

»Ach du liebe Güte. Die Welt ist wirklich voll von Irren.«

»Kannste wohl sagen. Dafür gibt's aber auch angenehme Überraschungen. Erinnerst du dich an Erwin, Marions Bruder?«

Ich überlegte. »So ein kleiner Typ? Geduckt, blass, Marke Buchhalter?«

Sie lachte. »Ungefähr. Er ist Informatiker, macht irgendwas im Rechnungswesen bei nem Pharmariesen. Zuerst hat er uns alle und besonders Marion für verrückt erklärt. Neulich war er hier und fand alles ganz nett, und jetzt hat er uns Geld geliehen, für ein paar nötige Sachen. ›Subvention für die Mechanisierung der Landwirtschaft‹, so hat er's ausgedrückt. – Was machst du denn eigentlich so, im Moment?«

Wir redeten eine Weile hin und her. Dann hörten wir von oben, dünn aber eindeutig, einen Säugling krähen. Ina sprang auf; ich hielt sie am Arm fest und küsste sie auf die Nase.

»Herzlichen Glühwurm, Stiefmutter. Gib den Entbindungsknutsch an Marion weiter. Ich will mich da jetzt nicht einmischen. Ich komm demnächst mal länger vorbei. Außerdem wird Robert eilig wegwollen.«

Sie strahlte, drückte mir die Hand und lief zur Treppe. Bald darauf erschienen Robert und die Hebamme; sie wechselten noch ein paar Worte. Dann winkte Robert mir.

»Zurück, los, auf auf. Können wir?« Er gähnte.

»Klar. Ganz wie der Herr befehlen. Alles glatt gegangen?«

»Hmph.«

Im Wegfahren winkten wir Jürgen zu, der aus dem Stall schielte. Wir fuhren wieder durch den Serpentinenwald. Inzwischen war es nach acht und ganz hell. Vor uns tauchte das Heck eines langsamen Güllekübelwagens auf. Robert rümpfte die Nase und deutete auf einen verbotenen Nebenweg. Ich scherte mich nicht um das Schild. Am Waldrand passierten wir ein kleines Haus, das an einer Eiche zu lehnen schien. In der Tür stand eine absurd hässliche Greisin mit krummer Nase und spitzigem Kinn. Sie stützte sich auf einen Besen und grinste uns zahnlos an.

»Das war Frau Holle«, sagte Robert. »Die Hexe.«

»Ach die. Nun sag schon – Mutter und Kind wohlauf?«

»Ein Junge. Ziemlich fett. Hast du ne Zigarette für mich?«

»Da. – Und wie geht's Marion?«

»Besser als Wolfgang; der ist völlig im Eimer.«

Als wir die Hauptstraße erreichten, schaltete ich das Radio ein. Irgendwie hatte ich von der Großen Regie nun Santana erwartet, *Black Magic Woman;* statt dessen kam *What A Wonderful World This Would Be.* Bei »don't know much about science books« wurde ein Verkehrshinweis eingeblendet.

Als wir das Vorgebirge überquert hatten, strahlte die Sonne hoch über dem Bergischen Land. Wir sahen die Kähne auf dem Rhein, links den Dom, vor uns zwischen Kappes und Kornfeldern das Industriepanorama von Godorf und Wesseling. Ich glaubte, am nordöstlichen Horizont einen Moment lang einen geduckten, blassen Schemen kauern zu sehen; vermutlich war es das Bayer-Kreuz.

Einige Wochen später erfuhr ich, dass Marions Sohn blind und taub war.

RUMJANA ZACHARIEVA

(* 1959)

An einem heißen Julitag

Heute habe ich mit fünf Männern geschlafen. Fünf Männer und ich. An einem heißen, staubigen, engen Ort. Warum schmunzelst du? Es stimmt. Manchmal kommt so etwas eben vor, meinst du nicht auch? Die Wege kreuzen sich, du bestimmst deinen eigenen Weg, klar, aber keiner lässt dich den Weg eines anderen bestimmen...

Fünf Männer und eine Frau.

Das Beste, was du tun kannst in einer solchen Situation, ist, dir die Gesichter anzuschauen. Fünf Gesichter, zehn Beine, zehn Füße. Schau nicht zu den Füßen herab! Es ist nicht schön, sich die Füße anzuschauen. Einer von ihnen hat seine Wanderschuhe ausgezogen, und du siehst ein Paar Wollsocken. An einem heißen Julitag. Und du fängst an, dich zu wundern, warum schwitzt er eigentlich nicht bei dieser intensiven Bewegung, wo er doch Wollsocken anhat?

Der Nächste hat die Augen geschlossen. Ich hasse Männer, die imstande sind, dabei die Augen zu schließen und sich gehen zu lassen! Ein Mann und eine Frau, und er macht die Augen zu – das verstehe ich gut, das ist o.k.! Aber fünf Männer und eine Frau, und dann die Augen zu – nein!

Der eine mit den geschlossenen Augen hat immer noch seine Schuhe an. Aber er trägt keine Socken. Wanderschuhe – und keine Socken an. Und das an einem so heißen Julitag! Und so, wie er die Augen geschlossen hat, fühlt er die Bewegung, fühlt, dass ich fühle, obwohl doch zwischen uns der mit den Wollsocken agiert, und der da, der eine mit den schweren Wanderschuhen ohne Socken, lächelt. Seine Augen sind einfach zu, und er lächelt. Spürt die Bewegung und lächelt, und seine Hand fällt in den Schoß des Nächsten, und: »Lass mich in Ruhe« und »Hände weg von meinem Knie!« flüstert der andere daneben und guckt einfach weiter durchs Fenster hinaus. Das ist noch schlimmer, als gerade jetzt die Augen zu schließen.

Oh, du weißt, du kennst diesen Typ ganz genau, diese besondere Sorte, die immer nur durchs Fenster schaut, egal was sie tut: Zeitung lesen und durchs Fenster schauen, Briefe schreiben und durchs Fenster schauen, durchs Fenster schauen, während sie dir das eigene Haus unterm Hintern verkauft und dich, durchs Fenster schauend, bumst.

Es wird heißer und heißer.

Die anderen zwei fühlen, dass ich fühle.

»Du bist aber ein nettes Mädchen!«

»Sie ist aber wirklich ein nettes Mädchen!«

»Ein sehr nettes Mädchen bin ich doch, nicht wahr? Können Sie nicht etwas für mich tun, bitte, wo ich doch so nett bin?«

»Sollen wir wirklich etwas für Sie tun? Ich dachte, wir hätten schon etwas für Sie getan am Anfang!«

»Und das nennen Sie: etwas für mich tun?«

»Nun öffne doch wenigstens mal das Fenster, sie kann ja nicht mehr atmen, siehst du das denn nicht?«

»Danke!«

Das ist es. Immer die gleichen Typen: sie merken nicht mal, wenn du nicht mehr atmen kannst! Vom Anfang bis zum Ende weitermachen, egal wie dir zumute ist: lächeln, die Augen schließen, fühlen. Dich. Die Bewegung. Das ist alles.

Und es ist ganz egal, ob du mit einem solchen oder mit fünf von ihrer Sorte zusammen bist. Es ist immer wieder heiß und das gleiche.

Jetzt bin ich nur noch müde. Fünf Männer und eine Frau. An einem heißen Julitag.

Und plötzlich geschieht es. Du weißt, dass es kommt, und doch kommt es immer wieder überraschend. Jemand öffnet die Tür.

»Die Fahrkarten, bitte!«

»Was hat er gesagt?«

»Guten Morgen! Nichts Besonderes. Ich glaube, er will nur unsere Fahrkarten sehen.«

»Alles klar, danke! Letzte Station Köln. Alles aussteigen, bitte!«

GEORG FORSTER

(1754–1794)

Der Kölner Dom

Wir gingen in den Dom und blieben darin, bis wir im tiefen Dunkel nichts mehr unterscheiden konnten. Sooft ich Köln besuche, geh ich immer wieder in diesen herrlichen Tempel, um die Schauer des Erhabenen zu fühlen. Vor der Kühnheit der Meisterwerke stürzt der Geist voll Erstaunen und Bewunderung zur Erde; dann hebt er sich wieder mit stolzem Flug über das Vollbringen hinweg, das nur eine Idee eines verwandten Geistes war. Je riesenmäßiger die Wirkungen menschlicher Kräfte uns erscheinen, desto höher schwingt sich das Bewusstsein des wirkenden Wesens in uns über sie hinaus. Wer ist der hohe Fremdling in dieser Hölle, dass er in so mannigfaltigen Formen sich offenbaren, diese redenden Denkmäler von seiner Art, die äußeren Gegenstände zu ergreifen und sich anzueignen, hinterlassen kann? Wir fühlen, Jahrhunderte später, dem Künstler nach, und ahnen die Bilder seiner Phantasie, indem wir diesen Bau durchwandern.

Die Pracht des himmelan sich wölbenden Chors hat eine majestätische Einfalt, die alle Vorstellung übertrifft. In ungeheurer Länge stehen die Gruppen schlanker Säulen da, wie die Bäume eines uralten Forstes: nur am höchsten Gipfel sind sie in eine Krone von Ästen gespalten, die sich mit ihren Nachbarn in spitzen Bogen wölbt, und dem Auge, das ihnen folgen will, fast unerreichbar ist. Lässt sich auch schon das Unermessliche des Weltalls nicht im beschränkten Raume versinnlichen, so liegt gleichwohl in diesem kühnen Emporstreben der Pfeiler und Mauern das Unaufhaltsame, welches die Einbildungskraft so leicht in das Grenzenlose verlängert. Die griechische Baukunst ist unstreitig der Inbegriff des Vollendeten, Übereinstimmenden, Beziehungsvollen, Erlesenen, mit einem Worte: des Schönen. Hier indessen, an den gotischen Säulen, die, einzeln genommen, wie Rohrhalme schwanken würden, und nur in großer Anzahl zu einem Schafte vereinigt, Masse machen und ihren geraden Wuchs behalten können, unter ihren Bogen, die gleichsam auf nichts ruhen, luftig schweben, wie die schattenreichen Wipfelgewölbe des Waldes – hier schwelgt der Sinn im Übermut des künstlerischen Beginnens. Jene griechischen Gestalten scheinen sich an alles anzuschließen, was da ist, an alles, was menschlich ist; diese stehen wie Erscheinungen aus einer andern Welt, wie Feenpaläste da, um Zeugnis zu geben von der schöpferischen Kraft im Menschen, die einen isolierten Gedanken bis auf das äußerste verfolgen und das Erhabene selbst auf einem exzentrischen Wege zu erreichen weiß. Es ist sehr zu bedauern, dass ein so prächtiges Gebäude unvollendet bleiben muss. Wenn schon der Entwurf, in Gedanken ergänzt, so mächtig erschüttern kann, wie hätte nicht die Wirklichkeit uns hingerissen!

KAROLINE VON GÜNDERODE

(1780–1806)

Der Dom zu Köln

Fünffach wölbt sich die Decke auf Gruppen gotischer Säulen,
Höher hebt sich der Chor, stolzer getragen empor,
Schön ist das Innre geziert mit Erzen und Marmor und Treppchen
Und ein purpurner Tag bricht durch die farbigen Fenster.
Aber dort, wo die Dunkelheit dichter sich webt durch die Säulen,
Hauchet ein Modergeruch dumpf aus der Tiefe herauf,
Allda schlafen die Helden der Kirche im hüllenden Sarge
Und ihr Bildnis ruht drauf, sie falten die Hände zum Beten,
Und ihr starrender Blick hat sich zum Himmel gewandt.
Staunend seh ich sie an, mir ist, als müssten sie reden,
Aber sie starren noch fort, wie sie es Jahrhunderte taten,
Und mich schauert so tief, dass also stumm sind die Toten.
Doch da hebt sich Gesang, und Orgeltöne, sie schweben
Feiernd die Dome hinauf, wo glänzende Heilige beten.
Aber es wandeln die Töne sich und in Fitt'che der Engel

Und umtauschten melodisch wogend die heiligen Bilder.
Und zum Himmel verkläret sich alles – Musik, und Farben, und Formen,
Aus dem entzückten Auge verschwinden die Gräber, die Toten,
Und den stummen Grüften entsteiget ein freudiges Jauchzen.
Ja ich habe die Auferstehung gesehen im Auge des Geistes.
Und das Leben der Kunst, es führte die Seele zum Himmel.
Dichtkunst! Du Seele der Künste, Du, die sie alle geboren,
Du beseelest das Grab, steigest zum Himmel empor.

HILDE RUBINSTEIN

(1904–1997)

Im Dom

Nonne lugt aus ihrem Kleid
Schneeige Taubenhaube segelt
Durchs Steinparadies und Steinheilige
Liegen stehend und schlafen
Mit einer Kirche auf ihrer Hand
Rosa Kutte fordert
Für den Korb und
Lauscht mit Wachsohren
Auf Ungehöriges

Schwindelnde Fensterpfeile: Blau glüht
Wie Rot
Rot schimmert
Wie Wein
Gelb ist Honig und deren
Grün: gekelterte Sonne
Am schönsten das Perlenlicht das durchs
Weiße fließt
Dieses Lichtweiß:
Ein Inkarniertes

Die Mutter der Hilfesuchenden Herzen
Glitzert aus Goldstücken von damals
Bernstein und Granate: heil'ge
Bestechungsversuche
Gelübderinge und Bauchketten belasten
Sie und ihren Sprössling
Gardine ihr Schleier und
Ihr Herz eine Golduhr
Die nicht mehr tickt
Sie blendet Bewunderer
Die betend niedersinken
Während ich
Summend
Aufsteige

STEFAN GEORGE

(1868–1933)

Kölnische Madonna

Schirmherrin du empfingst mich oft am tor
Wenn ich vom Westen kam mit gramem blicke:
»Einst bracht ein volk so klar wie tief hervor
Mich lächelnde Madonna mit der Wicke.«

JACOB UND WILHELM GRIMM

(1785–1863/1786–1859)

Albertus Magnus und Kaiser Wilhelm

Albertus Magnus, ein sehr berühmter und gelehrter Mönch, hat den Kaiser Wilhelm von Holland, als er im Jahr 1248 zu Köln auf den Tag der Heiligen Drei Könige angelangt, in einen Garten, beim Predigerkloster gelegen, mit seinem ganzen Hof zu Gast gebeten, dem der Kaiser gern willfahrt. Es ist aber auf berührten Tag nicht allein große, unleidliche Kälte, sondern auch ein tiefer Schnee gefallen; deshalb die kaiserlichen Räte und Diener beschwerliches Missfallen an des Mönchs unordentlicher Ladung getragen und dem Kaiser widerraten, in dem Kloster zu so strenger winterlicher Zeit Mahl zu halten; haben aber doch denselben von seiner Zusage nicht wenden können, sondern er hat sich samt den Seinen zu rechter Zeit eingestellt. Albert der Mönch hat etliche Tafeln samt aller Bereitschaft in den Klostergarten, darin Bäume, Laub und Gras alles mit Schnee bedeckt gewesen, mit großem Befremden eines jeden über die seltsame und widersinnige Anstalt stellen lassen und zum Aufwarten eine gute Anzahl von Gestalt des Leibes überaus schöne, ansehnliche Gesellen zur Hand gebracht. Indem nun der Kaiser samt Fürsten und Herren zur Tafel gesessen und die Speisen vorgetragen und aufgestellt sind, ist der Tag von oben herab unversehens heiter und schön worden, aller Schnee zusehends abgegangen und gleich in einem Augenblick ein lustiger, lieblicher Sommertag erschienen. Laub und Gras sind augenscheinlich, desgleichen allerhand schöne Blumen aus dem Boden hervorgebrochen, die Bäume haben angefangen, zu blühen und gleich nach der Blüte ein jeder feine Frucht zu tragen; darauf allerhand Gevögel niedergefallen ist und den ganzen Ort mit lieblichem Gesang erfüllt hat; und die Hitze hat dermaßen überhandgenommen, dass fast männiglich der winterlichen Kleider zum Teil sich entblößen müssen. Es hat aber niemand gesehen, wo die Speisen gekocht und zubereitet worden; auch niemand die zierlichen und willfährigen Diener gekannt oder Wissenschaft gehabt, wer und wannen sie seien, und jedermann ist voll großer Verwunderung über all die Anstellung und Bereitschaft gewesen. Demnach aber die Zeit des Mahls herum, sind erstlich die wunderbar köstlichen Diener des Mönchs, bald die lieblichen Vögel samt Laub und Gras auf Bäumen und Boden verschwunden, und alles ist wieder mit Schnee und Kälte dem anfänglichen Winter ähnlich worden, also dass man die abgelegten Kleider wieder angelegt und die strenge Kälte dermaßen empfunden, dass männiglich davon und zum Feuer und zur warmen Stube geeilet.

Um solcher abenteuerlicher Kurzweil halben hat Kaiser Wilhelm den Albertus Magnus und seinen Konvent mit etlichen Gütern reichlich begabt und denselben wegen seiner großen Geschicklichkeit in großem Ansehen und Wert gehalten.

CAESARIUS VON HEISTERBACH

(1180–1240)

Von Ketzern, die in Köln verbrannt sind

Unter Erzbischof Rainald wurden in Köln mehrere Ketzer ergriffen, von gelehrten Männern geprüft und überführt und durch das weltliche Gericht verurteilt. Als nach gefälltem Urteil sie zum Scheiterhaufen geführt werden sollten, da (so erzählten, die dabei waren) bat einer von ihnen, namens Arnold, den die andern für ihren Meister erklärten, um ein Brot und eine Schüssel mit Wasser. Einige wollten es ihm gewähren, aber kluge Männer rieten ab und sagten: Er könnte mit Hilfe des Teufels etwas damit machen, was schwachen Gemütern zum Anstoß und Verderben gereichte.

N: Was mag er mit dem Wasser und Brot vorgehabt haben?

M: Wie ich aus den Worten eines andern Ketzers schließe, den vor drei Jahren der König von Spanien

ergreifen und verbrennen ließ, wollte er daraus eine versuchte Kommunion machen, den Seinigen als Wegzehrung zur ewigen Verdammnis. Denn ein spanischer Abt unsres Ordens, der hier durchkam und der mit dem Bischof und den Kirchenfürsten die Irrtümer jenes Ketzers verdammt hatte, berichtete, er habe gesagt, dass der erste beste Bauer an seinem Tische und von dem Brot, das er esse, den Leib Christi machen könne. Jener Verfluchte war ein Schmied.
N: Was also geschah mit den Kölner Ketzern?
M: Sie wurden aus der Stadt geführt und neben dem Judenkirchhof zusammen verbrannt. Als sie hell brannten, legte Arnold, wie viele sahen und hörten, die Hand auf die halbverbrannten Häupter der Seinen und sagte: Seid standhaft in eurem Glauben, denn heute werdet ihr bei Laurentius sein; da sie doch wenig mit des Laurentius Glauben gemein hatten. Es war aber unter ihnen eine schöne, aber ketzerische Jungfrau, die durch das Mitleid einiger dem Feuer entzogen ward. Sie wollten sie entweder heiraten oder, wenn sie das vorzöge, in ein Jungfrauenkloster bringen, und sie willigte scheinbar ein. Als aber die Ketzer schon tot waren, fragte sie, die sie hielten: Sagt mir, wo liegt jener Verführer? Und als sie ihr den Meister Arnold zeigten, entwand sie sich ihren Händen, und das Gesicht mit den Händen bedeckend, warf sie sich auf die Leiche, um ewig mit ihm in der Hölle zu brennen.

AUGUST KOPISCH

(1799–1853)

Die Heinzelmännchen

Wie war zu Köln es doch vordem
Mit Heinzelmännchen so bequem!
Denn war man faul, man legte sich
Hin auf die Bank und pflegte sich:
Da kamen bei Nacht, ehe man's gedacht,
Die Männlein und schwärmten und klappten und lärmten
Und rupften und zupften
Und hüpften und trabten und putzten und schabten,
Und eh' ein Faulpelz noch erwacht,
War all sein Tagewerk bereits gemacht.

Die Zimmerleute streckten sich
Hin auf die Spähn und reckten sich,
Indessen kam die Geisterschar
Und sah, was da zu zimmern war:
Nahm Meißel und Beil und die Säg' in Eil'.
Sie sägten und stachen und hieben und brachen,
Berappten und kappten,
Visierten wie Falken und setzten die Balken:
Eh' sich's der Zimmermann versah,
Klapp, stand das ganze Haus schon fertig da.

Beim Bäckermeister war nicht Not.
Die Heinzelmännchen backten Brot.
Die faulen Burschen legten sich,

Die Heinzelmännchen regten sich.
Und ächzten daher mit den Säcken schwer!
Und kneteten tüchtig und wogen es richtig,
Und hoben und schoben
Und fegten und backten und klopften und hackten.
Die Burschen schnarchten noch im Chor:
Da rückte schon das Brot, das neue, vor.

Beim Fleischer ging es just so zu:
Gesell und Bursche lag' in Ruh.
Indessen kamen die Männlein her
Und hackten das Schwein die Kreuz und Quer.
Das ging so geschwind wie die Mühl' im Wind:
Die klappten mit Beilen, die schnitzten an Speilen,
Die spülten, die wühlten,
Und mengten und mischten und stopften und wischten.
Tat der Gesell die Augen auf:
Wapp – hing die Wurst da schon im Ausverkauf.

Beim Schenken war es so: Es trank
Der Küfer bis er niedersank;
Am hohlen Fasse schlief er ein.
Die Männlein sorgten um den Wein
Und schwafelten fein alle Fässer ein,
Und rollten und hoben mit Winden und Kloben
Und schwenkten und senkten
Und gossen und panschten und mengten und manschten.
Und eh' der Küfer noch erwacht,
War schon der Wein geschönt und fein gemacht.

Einst hatt' ein Schneider große Pein:
Der Staatsrock sollte fertig sein;

Warf hin das Zeug und legte sich
Hin auf das Ohr und pflegte sich
Da schlüpften sie frisch in den Schneidertisch
Und schnitten und rückten und nähten und stickten
Und fassten und passten
Und strichen und guckten und zupften und ruckten,
Und eh' mein Schneiderlein erwacht,
War Bürgermeisters Rock bereits gemacht.

Neugierig war des Schneiders Weib
Und macht sich diesen Zeitvertreib:
Streut Erbsen hin; die andre Nacht
Die Heinzelmännchen kommen sacht.
Eins fährt nun aus, schlägt hin im Haus;
Die gleiten von Stufen und plumpsen in Kufen;
Die fallen mit Schallen,
Die lärmen mit Schreien und vermaledeien!
Sie springt hinunter auf den Schall
Mit Licht: Husch, husch, husch, husch! Verschwinden all!

O weh, nun sind sie alle fort,
Und keines ist mehr hier am Ort!
Man kann nicht mehr wie sonsten ruhn,
Man muss nun alles selber tun!
Ein jeder muss fein selbst fleißig sein
Und kratzen und schaben und rennen und traben
Und schniegeln und biegeln
Und klopfen und hacken und kochen und backen.
Ach, dass es noch wie vormals wär'!
Doch kommt die schöne Zeit nicht wieder her.

JACOB UND WILHELM GRIMM

(1785–1863/1786–1859)

Die Pferde aus dem Bodenloch

Richmuth von Adocht, eines reichen Burgermeisters zu Köln Ehefrau, starb und wurde begraben. Der Totengräber hatte gesehen, dass sie einen köstlichen Ring am Finger trug, die Begierde trieb ihn nachts zu dem Grab, das er öffnete, willens den Ring abzuziehen. Kaum aber hatte er den Sargdeckel aufgemacht, so sah er, dass der Leichnam die Hand zusammendrückte und aus dem Sarg steigen wollte. Erschrocken floh er. Die Frau wand sich aus den Grabtüchern los, trat heraus und ging gerades Schritts auf ihr Haus zu, wo sie den bekannten Hausknecht bei Namen rief, dass er schnell die Tür öffnen sollte und erzählte ihm mit wenig Worten, was ihr widerfahren. Der Hausknecht trat zu seinem Herrn und sprach: »Unsere Frau steht unten vor der Tür und will eingelassen sein.« »Ach«, sagte der Herr, »das ist unmöglich, eh das möglich wäre, eher würden meine Schimmel oben auf dem Heuboden stehen!« Kaum hatte er das Wort ausgeredet, so trappelte es auf der Treppe und dem Boden und siehe, die sechs Schimmel standen oben alle beisammen. Die Frau hatte nicht nachgelassen mit Klopfen, nun glaubte der Burgermeister, dass sie wirklich da wäre; mit Freuden wurde ihr aufgetan und sie wieder völlig zum Leben gebracht. Den andern Tag schauten die Pferde noch aus dem Bodenloch und man musste ein großes Gerüste anlegen, um sie wieder lebendig und heil herabzubringen. Zum Andenken der Geschichte hat man Pferde ausgestopft, die aus diesem Haus zum Boden herausgucken. Auch ist sie in der Apostelkirche abgemalt, wo man überdem einen langen leinenen Vorhang zeigt, den Frau Richmuth nachher mit eigener Hand gesponnen und dahin verehrt hat. Denn sie lebte noch sieben Jahre.

MEISTER ECKHART

(1260–1328)

Vom Nutzen des Lassens, das man innerlich und äußerlich üben soll

Du musst wissen, noch nie hat sich ein Mensch in diesem Leben so gelassen, dass er nicht immer noch etwas zu lassen fände. Der Leute sind wenig, die das recht beachten und darin geständig sind. Es ist ein ganz gleichwertiges Vergelten und ein gerechter Kauf: Soweit du in allen Dingen ausgehst aus dem Deinen, soweit, nicht weniger und nicht mehr, geht Gott ein mit all dem Seinen. Damit heb' an und das lass dich kosten alles, was du nur leisten kannst. Da findest du wahren Frieden und nirgends sonst.

Die Leute sollten nicht soviel nachdenken, was sie zu tun haben; sie sollten aber bedenken, was sie sein könnten. Wären sie nur gut und weise, so würden ihre Werte mächtig leuchten. Bist du gerecht, so sind auch deine Werte gerecht. Nicht gedenke Heiligkeit zu setzen auf ein Tun; man soll Heiligkeit setzen auf ein Sein. Denn die Werte heiligen uns nicht, sondern wir sollen die Werte heiligen. Wie heilig die Werte immer seien, sie heiligen uns durchaus nicht, sofern sie Werte sind, vielmehr: sofern wir wahres Sein und Wesen haben, soweit heiligen wir all unser Tun, es sei Essen, Schlafen, Wachen oder was sonst. Die nicht groß von Wesen sind, was die auch wirken mögen, da wird nichts daraus.

Hieran ersieh, dass man allen Eifer darauf richten soll, gut zu sein, – nicht so sehr, was man tue oder welcher Art die Werte seien, sondern was der Grund der Werte sei.

EMANUEL GEIBEL

(1815–1884)

Der reiche Mann von Köln

Zu Köln ein reicher Kaufherr saß,
Der hatt' ein Herz von Eisen;
Er lebte dahin in Saus und Braus,
Und drückte Witwen und Waisen

Er zählte sein Silber und wog sein Gold
Und lachte dazu im stillen;
Der Richter bog um Gunst und Geld
Das Recht nach seinem Willen.

Es war ein Mägdlein in der Stadt,
Ein Kind von jungen Jahren,
Er trieb es fort von Haus und Hof
Mit grimmigem Gebaren.

Und als der Schnee im Winter fiel
Und ging der Rhein mit Eise,
Ihn jammerte nicht des Kindes Not,
Das hatte nicht Kleid noch Speise.

Und als der Frühling kam ins Land,
Die Vöglein sangen mit Schalle:
Sie fanden das Mägdlein morgens tot
Auf einer Streu im Stalle.

Sie trugen es fort und gruben es ein
Am Friedhof auf der Wiese;
Die Seele ging in Sankt Michaels Schoß
Hinauf zum Paradiese.

Den Tag danach der Kaufmann ritt
Wohl lachend daher im Trabe,
Da standen drei Lilien weiß wie Schnee,
Gewachsen auf dem Grabe;

Da standen drei Lilien weiß wie Schnee,
Im Winde die Blumen gingen;
Ein Vöglein schwang vom Hügel sich auf,
Im Flug hub's an zu singen:

»Herr Marx von Köln, Herr Marx von Köln,
Wie bleich ist dein Gesichte!

Du bist ein Mörder, Herr Marx von Köln,
Ich lade dich zu Gerichte.«

Dem Kaufherrn wohl das Lachen verging,
Sein Mut war all verloren;
Er wandte sein Ross und jagte nach Haus,
Vom Blute troffen die Sporen.

Er mochte nicht nehmen Speise noch Trank
Vor ängstlichen Gedanken;
Wohin er schaut' in Saal und Hof,
Drei Lilien sah er schwanken;

Und als er nachts auf dem Kissen lag,
Keinen Schlaf konnt' er erzwingen:
Sobald ihm fielen die Augen zu,
Hört' er das Vöglein singen.

»Ach helft mir, helft mir, lieber Arzt!
Ich will's euch neunfach zahlen,
Mir brennt's im Herzen wie höllisch Feu'r;
Helft mir von diesen Qualen!«

Wohl ging der Arzt, mit Sorg' und Fleiß
Manch bittern Trank zu mischen;
Es tat nicht gut, es tat nicht schlimm,
Das Vöglein sang dazwischen:

»Herr Marx von Köln, an deiner Sünd'
Wird alle Kunst zunichte!
Du bist ein Mörder, Herr Marx von Köln!
Ich lade dich zu Gerichte.«

Und um die dritte Mitternacht
Ging an der Tür ein Klopfen;
Den Kranken trieb's vom Lager auf,
Ihm floss die Stirn von Tropfen.

Und als seine Hand den Riegel schob,
Sie flog vor Angst und Schmerze;
Und als die Tür in den Angeln ging,
Ein Zug blies aus die Kerze.

Der draußen stand, das war der Tod;
Er nahm Herrn Marx von Köllen,
Er setzt' ihn auf sein aschfarb Ross
Und fuhr mit ihm zur Höllen.

KARL MARX

(1818–1883)

Gefahren

Köln, 1. Juni. Es ist eine gewöhnliche Anforderung an jedes neue Organ der öffentlichen Meinung: Begeisterung für die Partei, deren Grundsätze es bekennt, unbedingte Zuversicht zu ihrer Kraft, stete Bereitschaft, sei es mit der faktischen Macht das Prinzip zu decken, sei es mit dem Glanz des Prinzips die faktische Schwäche zu beschönigen. Diesem Verlangen werden wir nicht entsprechen. Wir werden erlittene Niederlagen nicht mit täuschenden Illusionen zu vergolden suchen.

Die Demokratische Partei hat Niederlagen erlitten; die Grundsätze, die sie im Augenblick ihres Triumphes proklamiert hat, sind in Frage gestellt, das Terrain, das sie wirklich gewonnen, wird ihr Fuß für Fuß streitig gemacht; schon hat sie viel verloren, und bald wird sich die Frage bieten, was ihr noch übriggeblieben sei.

Es kommt uns darauf an, dass die Demokratische Partei sich ihrer Stellung bewusst werde. Man wird fragen, warum wir uns an eine Partei wenden, warum wir nicht lieber das Ziel der demokratischen Bestrebungen ins Auge fassen, die Volkswohlfahrt, das Heil aller ohne Unterschied?

Es ist dies das Recht und die Gewohnheit des Kampfes, und nur aus dem Kampfe der Parteien, nicht aus scheinklugen Kompromissen, aus einem erheuchelten Zusammengehen bei widerstreitenden Ansichten, Interessen und Zwecken kann das Heil der neuen Zeit erwachsen.

Wir verlangen von der Demokratischen Partei, dass sie sich ihrer Stellung bewusst werde. Diese Forderung entspringt aus den Erfahrungen der letzten Monate. Die Demokratische Partei hat sich viel zu sehr dem Taumel des ersten Siegesrausches hingeben. Trunken vor Freude, dass sie endlich einmal ihr Prinzip laut und unverhohlen aussprechen durfte, bildete sie sich ein, dass es nur seiner Verkündigung bedürfe, um auch sofort der Verwirklichung sicher zu sein. Über diese Verkündigung ist sie nach ihrem ersten Siege und den Konzessionen, die unmittelbar daran geknüpft waren, nicht herausgekommen. Aber während sie mit ihren Ideen freigebig war und jeden als Bruder umarmte, der nur nicht gleich Widerspruch zu erheben wagte, handelten die anderen, denen die Macht gelassen oder gegeben war. Und ihre Tätigkeit ist nicht verächtlich gewesen. Mit ihrem Prinzipe zurückhaltend, das sie nur soweit hervortreten ließen, als es gegen den alten, durch die Revolution umgeworfenen Zustand gerichtet war, die Bewegung vorsichtig beschränkend, wo das Interesse des neu zu bildenden Rechtszustandes, die Herstellung der äußeren Ordnung als Vorwand dienen konnte, den Freunden der alten Ordnung scheinbare Zugeständnisse machend, um ihrer zur Durchführung ihrer Pläne desto sicherer zu sein, dann allmählich ihr eigenes politisches System in den Grundzügen auffuhren, ist es ihnen gelungen, zwischen der Demokratischen Partei und den Absolutisten eine Mittelstellung zu gewinnen, nach der einen Seite fortschreitend, nach der anderen zurückdrängend, zugleich progressiv – gegen den Absolutismus, (und) reaktionär – gegen die Demokratie.

Das ist die Partei des besonnenen, gemäßigten Bürgertums, von der sich die Volkspartei in ihrer ersten Trunkenheit hat überlisten lassen, bis ihr endlich, als man sie schnöde zurückstieß, als man sie als Wühler denunzierte und ihr alle möglichen verwerflichen Tendenzen unterschob, die Augen aufgegangen sind, bis sie gewahrt hat, dass sie im Grunde nichts erreicht hat, als was die Herren von der Bürgerschaft mit ihrem wohlverstandenen Interesse für vereinbar halten. Mit sich selbst in Widerspruch gesetzt durch ein undemokratisches Wahlgesetz, geschlagen in den Wahlen, sieht sie jetzt eine doppelte Vertretung sich gegenüber, wovon nur das schwer zu sagen ist, welche von beiden sich entschiedener ihren Forderungen entgegenstemmt. Damit ist dann freilich ihre Begeisterung verraucht und die nüchterne Erkenntnis an die Stelle getreten, dass eine mächtige Reaktion zur Herrschaft gelangt ist, und zwar merkwürdigerweise, noch ehe es überhaupt zu einer Aktion im Sinne der Revolution gekommen ist.

So unzweifelhaft dies alles ist, so gefährlich wäre es, wenn sich jetzt die Demokratische Partei unter dem bitteren Gefühle der ersten teilweise selbst verschuldeten Niederlagen bestimmen ließe, zu jenem unseligen, dem deutschen Charakter leider so befreundeten Idealismus zurückzukehren, vermöge dessen ein Prinzip, das nicht sogleich ins Leben geführt werden kann, der fernen Zukunft anempfohlen, für die Gegenwart aber der harmlosen Bearbeitung der »Denker« überlassen wird.

Wir müssen direkt warnen vor jenen gleisnerischen Freunden, die sich mit dem Prinzip zwar einverstanden erklären, aber die Ausführbarkeit bezweifeln, weil die Welt noch nicht reif dafür sei, die keineswegs gemeint sind, sie reif zu machen, vielmehr es vorziehen, in diesem schlechten Erdendasein selber dem allgemeinen Geschicke der Schlechtigkeit anheimzufallen. Wenn das die Kryptorepublikaner sind, die der Hofrat Gervinus so sehr fürchtet, so stimmen wir ihm von Herzen bei: Die Leute sind gefährlich.

VICTOR HUGO

(1802–1885)

Ein Meer von Dächern und Türmen

Das Rathaus von Köln, nicht weit vom Dom gelegen, ist eines jener überraschenden Mischgebäude aus Stücken aller Zeiten und aller Stile bestehend, wie man sie in den alten Gemeinden findet, die sich selbst gestalteten und in gleicher Weise auch ihre Gesetze, Sitten und Gebräuche gründeten.

Ich stieg auf den Rathausturm und sah von hier aus bei einem grauen und ernsten Himmel, der zu den Gebäuden rings und zu meinen Gedanken passte, diese ganz bewunderungswürdige Stadt zu meinen Füßen.

Die Dächer sind aus Schiefer, dicht aneinander gedrängt, spitzschneidig wie gebrochene Kartenblätter; die Straßen sind schmal, die Giebel hoch. Eine rötliche Rundlinie von Mauerwerk und Festungsbau aus Backstein, die hie und da über die Dächer hereinsieht, presst die Stadt wie ein festgezogener Gürtel an den Fluss, flussabwärts an das Türmchen und -aufwärts an den herrlichen Bayenturm, auf dessen Vorzinne sich ein Bischof aus Marmor erhebt, der den Rhein segnet. Vom Türmchen bis zum Bayenturm entwickelt die Stadt das Ufer entlang eine Reihe von Fenstern und Fassaden. Inmitten dieser langen Linie führt eine große Schiffsbrücke, anmutig gegen den Strom hinausgerundet, über den hier sehr breiten Fluss und verbindet das diesseitige Ufer, woran der große Haufen schwarzer Häuser, Köln geheißen, liegt, mit dem jenseitigen und mit der kleinen Gruppe weißer Häuser, die man Deutz nennt.

Aus dem dichten Gemäuer Kölns, mitten zwischen Dächern, Türmen und Giebelfenstern, die mit Blumen geschmeckt sind, steigen siebenundzwanzig Kirchen empor, darunter, ohne den Dom zu zählen, vier majestätische romanische Kirchen, jede von anderer Zeichnung und durch Schönheit und Großartigkeit würdig, Kathedrale genannt zu werden: St. Martin gegen Norden, St. Gereon gegen Westen, Sankt Aposteln gegen Süden und Maria im Kapitol gegen Osten, gestalten sich wie ungeheure Knotenbindungen von Apsiden, Türmen und Türmchen.

Betrachtet man die Stadt selbst, so lebt und pulst alles darin. Die Brücke schwankt unter Fußgängern und Wagen, der Strom ist voller Segel, die Ufer von Masten. Alle Straßen wimmeln, alle Kreuzungen sprechen, alle Dächer tönen. Hie und da drängen sich grüne Bäume an die schwarzen Häuser, und die alten Steingebäude erhellen die Eintönigkeit ihrer Schieferdächer und Fronten durch ihre hohen, mit Blumen, Blättern und Früchten der Bildhauerkunst geschmückten Friese, worauf sich gerne die Tauben niederlassen.

Rings um diese große Kommune, die kaufmännisch durch ihre Industrie, militärisch durch die Lage, seefahrend durch den Fluss ist, dehnt und breitet sich eine weite und reiche Ebene aus, die nach Holland zu stufenweise absinkt, die der Rhein durchschneidet und die im Nordosten das Siebengebirge krönt, diese wunderbare Wiege reicher Überlieferungen und Legenden. Und so erheben sich Holland und sein Handel,

Deutschland und seine Poesie, gleichsam die beiden größten Aussichten für den Menschenkreis, das Positive und das Ideale, unter dem Horizont von Köln, das selbst eine Stadt des Handels und der Träume ist.

HEINRICH BÖLL

(1917–1985)

Kumpel mit dem langen Haar

Es war merkwürdig: Genau fünf Minuten, bevor die Razzia losging, beschlich mich ein Gefühl der Unsicherheit… ich blickte scheu um mich, ging dann langsam am Rhein vorbei auf den Bahnhof zu, und ich war gar nicht erstaunt, als ich auch schon die kleinen Flitzer mit den rotbemützten Polizisten heranrasen sah, die das Häuserviertel umstellten, absperrten und zu untersuchen begannen. Es ging unheimlich schnell. Ich stand gerade außerhalb des Kreises und steckte mir ruhig eine Zigarette an. Es ging alles so lautlos. Viele Zigaretten flogen auf die Erde. Schade… dachte ich und machte unwillkürlich einen kleinen Überschlag, wie viel bares Geld da wohl auf der Erde lag. Der Lastwagen füllte sich schnell mit denen, die sie geschnappt hatten. Franz war auch dabei… er machte mir von weitem eine hoffnungslose Geste, die soviel bedeuten sollte wie: Schicksal. Einer der Polizisten drehte sich nach mir um. Da ging ich weg. Aber langsam, ganz langsam. Mein Gott, sollten sie mich doch mitnehmen!

Ich hatte keine Lust mehr, auf meine Bude zu gehen, so schlenderte ich langsam weiter zum Bahnhof. Ich schlug mit meinem Stock ein kleines Steinchen aus dem Weg. Die Sonne schien warm, und vom Rhein her kam ein kühler, sanfter Wind.

Im Wartesaal gab ich Fritz, dem Kellner, die zweihundert Zigaretten und steckte das Geld in die hintere Tasche. Nun war ich ganz ohne Ware, nur eine Packung für mich hatte ich noch. Dann fand ich im Gedränge schließlich doch noch einen Platz und bestellte mir Fleischbrühe und etwas Brot. Und wieder sah ich von weitem Fritz winken, aber ich hatte keine Lust aufzustehen. Da kam er eilig auf mich zu. Hinter ihm sah ich den kleinen Mausbach, den Schlepper; sie schienen beide ziemlich aufgeregt zu sein. »Mensch, hast du eine Ruhe«, murmelte Fritz, dann ging er kopfschüttelnd weg und machte dem kleinen Mausbach Platz. Der war ganz außer Atem. »Du«, stotterte er, »du... musst verduften... sie haben deine Bude untersucht und den Koks gefunden... Mensch!« Er verschluckte sich fast. Ich klopfte ihm beruhigend auf die Schulter und gab ihm zwanzig Mark. »Es ist gut«, sagte ich und er trollte davon. Da aber fiel mir noch etwas ein, und ich rief ihn zurück. »Hör mal, Heini«, sagte ich, »wenn du die Bücher und den Mantel, die in meiner Bude sind, irgendwo sicherstellen könntest ... ich komme in vierzehn Tagen mal wieder vorbei, ja? ... was sonst noch von mir ist, kannst du behalten.« Er nickte. Ich würde mich auf ihn verlassen können. Das wusste ich.

Schade... dachte ich wieder... achttausend Mark zum Teufel... nirgendwo, nirgendwo war man sicher...

Ein paar neugierige Blicke streiften mich, während ich mich langsam wieder hinsetzte und gleichgültig nach meiner Tasche griff. Dann schlug das Summen der Menge um mich zusammen, und ich wusste, nirgendwo hätte ich so wunderbar allein sein können mit meinen Gedanken wie hier, mitten im Gedränge und im kreisenden Trubel des Wartesaales.

Mit einem Male spürte ich, dass meine Augen, die, ohne irgend etwas zu sehen, fast automatisch rundgingen, immer am gleichen Fleck haften blieben, als würden sie gegen meinen Willen dort gebannt. Immer wieder im Kreisen meines gleichgültigen Blickes war da eine Stelle, wo sie stockten und dann hastig weiterglitten. Ich erwachte wie aus einem tiefen Schlaf und blickte nun sehend dorthin. Zwei Tische von mir entfernt saß ein junges Mädchen in einem hellen Mantel, mit einer gelblichbraunen Mütze auf dem schwarzen Haar, und las in einer Zeitung. Ich sah nur ihre etwas zusammengekrümmte hockende Gestalt, ein winziges Stück ihrer Nase und die schmalen, ganz ruhigen Hände. Auch die Beine sah ich, schöne, schlanke und… ja, saubere Beine. Ich weiß nicht, wie lange ich sie angestarrt habe, manchmal sah ich flüchtig die schmale Scheibe ihres Gesichts, wenn sie ein Blatt wendete. Plötzlich hob sie den Kopf und sah mich einen Augenblick voll an, mit großen grauen Augen, ernst und gleichgültig, dann las sie weiter.

Dieser kurze Blick hatte mich getroffen.

Geduldig und doch mit klopfendem Herzen hielt ich sie mit meinen Augen fest, bis sie endlich die Zeitung ausgelesen hatte, sich auf den Tisch stützte und mit einer merkwürdig verzweifelten Geste an ihrem Bierglas nippte.

Nun konnte ich auch ihr ganzes Gesicht sehen. Blass war sie, ganz blass, ein schmaler, kleiner Mund und eine gerade, edle Nase… aber die Augen, diese großen, ernsten, grauen Augen! Wie ein Vorhang der Trauer hing ihr das schwarze Haar in langen Locken auf die Schulter.

Ich weiß nicht, wie lange ich sie anstarrte, waren es zwanzig Minuten, eine Stunde oder mehr. Während sie immer unruhiger, immer kürzer mein Gesicht mit ihrem traurigen Blick streifte, war nicht diese Empörung in ihrem Gesicht, die man sonst bei jungen Mädchen in solchen Fällen findet. Unruhe ja… und Angst.

Ach, ich wollte sie ja gar nicht unruhig und ängstlich machen, aber ich konnte meinen Blick nicht von ihr lassen.

Sie stand schließlich hastig auf, hing sich einen alten Brotbeutel um und verließ schnell den Wartesaal. Ich folgte ihr. Ohne sich umzuwenden, ging sie die Treppe hinauf auf die Sperre zu. Ich hielt sie fest, fest in der Linie meines Blickes, während ich schnell im Vorübergehen eine Bahnsteigkarte löste. Sie hatte einen großen Vorsprung gewonnen, und ich musste meinen Stock unter den Arm klemmen und ein wenig zu laufen versuchen. Fast hätte ich sie verloren in dem düsteren Schacht, der zum Bahnsteig hochführte. Ich fand sie oben gegen die Reste eines zertrümmerten Wartehäuschens gelehnt. Starr sah sie auf die Schienen. Nicht *ein* Mal wandte sie sich um.

Vom Rhein her fuhr ein kühler Wind quer in die Halle. Der Abend kam. Viele Leute mit Packen und Rucksäcken, Kisten und Koffern standen mit gehetzten Gesichtern auf dem Bahnsteig. Sie wandten erschreckt die Köpfe in die Richtung, woher der Wind kam, und fröstelten. Dunkelblau und ruhig gähnte vorne der große Halbkreis des Himmels, vom eisernen Gitterwerk der Halle durchstoßen.

Langsam humpelte ich auf und ab, manchmal mit einem Blick mich der Gegenwart des Mädchens vergewissernd. Aber immer, immer stand sie so da, mit durchgedrückten Beinen an den Mauertest gestützt, die Augen auf die flache, schwarze Mulde gerichtet, in der der blanke Schienenstrang verlief.

Endlich kroch der Zug langsam rückwärts in die Halle. Während ich der Lokomotive entgegensah, war das Mädchen auf den einfahrenden Zug gesprungen und in einem Abteil verschwunden. Ich sah sie für Minuten nicht mehr in all den Knäueln von drängenden Menschen vor den Abteilen. Bald jedoch entdeckte ich die gelbliche Mütze im letzten Waggon. Ich stieg ein und setzte mich ihr gerade gegenüber, so nahe, dass unsere Knie sich fast berührten. Als sie mich anblickte, ganz ernst und ruhig, nur die Brauen etwas zusammengezogen, da las ich es in ihren großen grauen Augen: sie wusste, dass ich die ganze Zeit über hinter ihr gewesen war. Immer wieder hingen meine Blicke hilflos an ihrem Gesicht, während der Zug in den sinkenden Abend fuhr. Ich brachte kein Wort über meine Lippen. Die Felder versanken, und die Dörfer wurden von der Nacht allmählich eingehüllt. Ich fror. Wo würde ich diese Nacht schlafen, dachte ich… wo einmal wieder nur etwas zur Ruhe kommen. Ach, könnte ich doch mein Gesicht in diesen schwarzen Haaren verbergen. Nichts, sonst nichts… Ich zündete mir eine Zigarette an. Da warf sie einen flüchtigen, aber merkwürdig wachen Blick auf die Packung. Ich hielt sie ihr einfach hin und sagte mit rauher Stimme: »Bitte«, und es schien mir, als müsse mein Herz aus dem Halse springen. Sie zögerte eine halbe Sekunde, und ich sah trotz der Dunkelheit, dass sie flüchtig errötete. Dann griff sie zu. Sie rauchte mit tiefen, hungrigen Zügen.

»Sie sind sehr großzügig«, ihre Stimme war dunkel und spröde. Als dann der Schaffner im Nebenabteil zu hören war, warfen wir uns wie auf Kommando zurück und stellten uns schlafend in unseren Ecken. Ich sah jedoch durch meine Lider, dass sie lachte. Ich beobachtete den Schaffner, der mit seiner grellen Lampe die Fahrkarten beleuchtete und zeichnete. Und dann fiel der Schein mir mitten ins Gesicht. Ich spürte an dem Zittern des Lichtes, dass er zögerte. Dann fiel der Schein auf sie. Ach, wie blass sie war und wie traurig die weiße Fläche ihrer Stirn.

Eine dicke Frau, die neben mir saß, zupfte den Schaffner am Ärmel und flüsterte ihm etwas ins Ohr, von dem ich verstand: »Ami-Zigaretten... schwarzfahren ...« Da stieß mich der Schaffner böse in die Seite.

Es war ganz still im Abteil, als ich sie leise fragte, wohin sie fahren wollte. Sie nannte einen Ort. Ich löste zwei Fahrkarten dorthin und zahlte die Strafe. Eisig und verächtlich war das Schweigen der Leute, als der Schaffner gegangen war. Ihre Stimme aber war so seltsam, warm und doch spöttisch, als sie mich fragte: »Wollen Sie denn auch dorthin?«

»Oh, ich kann ganz gut dorthin fahren. Ich habe ein paar Freunde dort. Eine feste Bleibe habe ich nicht ...«

»So«, sagte sie nur... dann sank sie zurück, und in der tiefen Dunkelheit sah ich nur manchmal ihr Gesicht, wenn draußen eine Lampe vorüberhuschte.

Es war ganz finster geworden, als wir ausstiegen. Dunkel und warm. Und als wir aus dem Bahnhof traten, schlief das kleine Städtchen schon fest. Ruhig und geborgen atmeten die kleinen Häuser unter den sanften Bäumen. »Ich begleite Sie«, sagte ich heiser, »es ist so furchtbar finster...«

Da blieb sie plötzlich stehen. Es war unter einer Lampe. Sie blickte mich ganz starr an und sagte mit gepresstem Mund: »Wüsste ich nur, wohin?« Ihr Gesicht bewegte sich leise wie ein Tuch, worüber der Wind streicht. Nein, wir küssten uns nicht... Wir gingen langsam aus der Stadt heraus und krochen schließlich in einen Heuschober. Ach, ich hatte keine Freunde in dieser stillen Stadt, die mir so fremd war wie alle anderen. Als es kühl wurde, gegen Morgen, kroch ich ganz nahe zu ihr, und sie deckte einen Teil ihres dünnen Mäntelchens über mich. So wärmten wir uns mit unserem Atem und unserem Blut.

Seitdem sind wir zusammen – in dieser Zeit.

HILDE DOMIN

(* 1909)

Köln

Die versunkene Stadt
für mich
allein
versunken.

Ich schwimme
in diesen Straßen.
Andere gehen.

Die alten Häuser
haben neue große Türen
aus Glas.

Die Toten und ich
wir schwimmen
durch die neuen Türen
unserer Häuser.

WOLF BIERMANN

(* 1936)

Ballade von Leipzig nach Köln

Zur Messe in Leipzig, ein Kaufmann aus Köln
War jung und war reich und war schön
»Du Blonde, du Weiche, ich heirate dich
Kannst mit mir nach Westen gehn.«

Im Opel-Rekord ging es leicht nach Berlin
Nach Köln mit dem Flugzeug so schnell
»Du junger, du reicher, du schöner Mann
Jetzt heiraten wir auf der Stell!«

Ach! Mit dem Strom fahrn die Schiffe so schnell
Auf dem Rhein dahin, dahin
Ach! Gegen den Strom geht es langsam zurück
Ich weiß nicht, wie traurig ich bin

»Du Blonde, du Weiche, wir heiraten nicht
Ich erbe doch Vaters Fabrik
Ich kauf dir ein Häuschen in Düsseldorf
Damit meine Frau uns nicht sieht.«

Der Rhein fließt unter den Brücken hin
Das Wasser voll Öl und voll Ruß
Die Lorelei stürzt in den Rhein
Damit sie nicht singen muss

Ach! Mit dem Strom fahrn die Schiffe so schnell
Auf dem Rhein dahin, dahin
Ach! Gegen den Strom geht es langsam zurück
Ich weiß nicht, wie traurig ich bin

HEINRICH BÖLL

(1917–1985)

Was ist kölnisch?

Wahrscheinlich assoziiert der Nichtkölner bei kölnisch irgend etwas, das sich – in verschiedenen Mischungsgraden – aus dunkel, fromm, bürgerlich, Dom, Karneval, Rhein, Wein, Mädchen zusammensetzt. Für die Bewohner der Umgebung, die an Samstagen und Sonntagen in die Stadt strömen, hat Köln sehr unterschiedliche, sehr gegensätzliche Anziehung. Köln ist immer noch Pilgerstadt, die Pilgerziele sind für manchen verschwiegener, oft nur scheinbar gegensätzlicher Natur. Wer wird das Gleisdreieck konstruieren, an dem Frömmigkeit, Vernunft, Natur ohne jegliche Kollision auseinanderrangiert werden könnten? Auf einigen Bildern von Max Ernst steht ein Ohr im Mittelpunkt; der zum Ohr gehörige Mund schwebt in einer entfernten Bildecke. Max Ernst, im Bannkreis der Stadt Köln geboren, hat den Bann dieser Stadt gespürt und beschrieben; Mysterium wurde für ihn Magie. In der Kühle des Doms waltet der Pönitentiar seines Amtes; ein Ohr, das hört und doch nicht hört; ein Mund, weit entfernt von diesem Ohr, der lossprechen kann, wovon nicht jeder Pfarrer lossprechen kann. Die Kölner Redensart »Der muss im Dom beichten gehen« – drückt die gleiche, mit Schrecken gemischte Ehrfurcht aus, wie sie im Gefängnis die kleinen Betrüger, Diebe, Gelegenheitskriminelle dem großen Räuber entgegenbringen. Ich habe oft den Gehilfen meines Vaters zugesehen, wenn sie sich über Zeichnungen von Beichtstühlen beugten, das Holz zurichteten, aus Einzelteilen das Gehäuse zusammenbauten; die Kommentare waren so drastisch und kritisch, wie nur ehemalige Katholiken sie geben können, Kommentare von Kommunisten, Atheisten aller Schattierung, und doch gab es eine unsichtbare Grenze, die in Gegenwart eines Kindes niemand je verletzt hätte; auch im Karneval, gerade da, wo er sich aus dem Urgrund der Vulgarität nährt, wird diese Grenze nie verletzt; verletzt wird sie nur da, wo man etwas so vollkommen Unkölnisches wie Fasching mit Karneval verwechselt; Karneval ist vulgär, mit aller Größe und allem Schrecken des Vulgären, aber nie frivol; Fasching ist eine Erfindung der Boheme, der Karneval stammt aus dem Volk, er ist klassenlos, so wie eine ansteckende Krankheit keine Klassenunterschiede kennt. Den Fasching bemerkt man nicht im Leben einer Stadt, man kann ihn ignorieren; in Köln den Karneval ignorieren zu wollen, wäre zwecklos; man kann sich nur aus der Ansteckungszone entfernen. Der Karneval ist ohne das allgegenwärtige Ohr nicht denkbar; es schwebt darüber, ein Max-Ernstsches Ohr; würde ich Vorschläge für ein neues Kölner Stadtwappen zu machen haben, das Ohr wäre ein Bestandteil eines komplizierten Wappens, das über das Kölnische Auskunft geben könnte; der dazugehörige Mund müsste in einer anderen Ecke des Wappens zu sehen sein.

Der Dom würde nicht in mein Wappen passen; dass er so offensichtlich von Bomben verschont wurde, während man die herrlichen romanischen Kirchen keiner Schonung für würdig fand, gehört zu den sentimentalen Irrtümern über das Kölnische; der Dom ist viel weniger kölnisch als andere Kirchen; nicht einmal als Bischofskirche ist er in der Stadt so richtig warmgeworden. Jahrhundertelang herrschte Streit zwischen Köln und seinem Bischof; Schlachten wurden geschlagen, Listen ersonnen, Bannflüche in Rom erwirkt, Priester und Sakramente der Stadt entzogen; und es ging meistens um Geld, Besitz, Privilegien. Die meisten Kölner Bischöfe waren immer mehr Fürst als Bischof, und ein Fürst bedeutet fast immer: ein verschuldeter Fürst. Erst seitdem die Bischöfe keine Fürsten mehr sind, herrscht Verträglichkeit zwischen Stadt und Bischof; diese Verträglichkeit ist erst einhundertfünfzig Jahre alt und nicht frei von einer gewissen Ironie; man weiß es genau: es gibt keine Streitobjekte mehr, keine, die so handgreiflich wären wie die guten kölnischen Thaler. Seit einhundertfünfzig Jahren erst wohnt der Bischof wieder in der Stadt; alle Hirtenschreiben und Predigten haben seitdem einen versöhnlichen, fast werbenden Ton, und das in einer Stadt, wo knapp zwanzig Prozent der Katholiken ihre kirchlichen Pflichten erfüllen; der Bischof wohnt noch nicht lange genug mitten in der Stadt, und seine Kirche, der Dom, liegt so ungünstig, ein wenig erhöht, von riesigen Hotels umgeben, am Bahnhof, an der zugigsten Stelle der Stadt, die wahrscheinlich schon die römischen Wachtposten ihrer Zugigkeit wegen verflucht haben. Ins imaginäre Stadtwappen würde der Dom noch nicht ›reingehören‹, würde er nicht passen. Sankt Gereon würde sich gut ausmachen: Märtyrerkirche, Meutererkirche: ein gegen Rom rebellierender Thebäer gab ihr den Namen, und das architektonische Hauptmerkmal von Sankt Gereon hat einen heimatlich klingenden Namen: Dekagon. Ein kleines Ohr, einen winzigen Mund, Sankt Gereon ins imaginäre Wappen; dazu einen halben Bischofsstab, und als letztes der kirchlichen und religiösen Embleme ein Madonnenbild. Auf vielen Plakaten strapaziert, in allen Broschüren abgedruckt, sind sie doch unverbraucht und typisch: die Trümmermadonna und ihre Schwester auf dem Lochnerschen Bild. Aus dem uralten Adel des vulgus, von unten, oder von oben aus dem städtischen Adel tauchen sie immer wieder auf; in der Straßenbahn, hinterm Steuer des Sportkabrioletts; verkaufen Lippenstifte bei Woolworth, lauschen einem Vortrag über Existenzialismus, sind nicht zahlreich und doch vorhanden: diese Gesichter, die so kölnisch sind; die steinerne ein wenig mokant, und doch: ganz Madonna, die andere sanfter, freundlich und auch: ganz Madonna.

Ohr, Mund, Gereon, Bischofsstab und Madonna, das wären der kirchlichen und religiösen Embleme genug. Es fehlen die weltlichen: ein Versicherungsgebäude oder ein Bankhaus. Daneben unbedingt zwei Hände, die eine die andere waschend; mag's überall Kompromisse geben, Gentleman's agreement, Aufeinanderabstimmen, Korruption, Bestechung – der

Klüngel ist doch etwas anderes, er ist die kölnische Form des »Seid nett zueinander«; wenn jemand auf nette Weise ein Brot verlangt, und du kannst es ihm nicht geben, du hast sogar die Macht und das Recht, es ihm zu verweigern – dann gib ihm drei Scheiben Brot; wirft er sie dir vor die Füße, besteht auf seinem ganzen Laib Brot, dann ist er eben nicht nett – und nicht kölnisch; uralte Bürgerweisheit, dass er wahrscheinlich von den drei Scheiben überrascht und überwältigt wird. Über den beiden Händen, die eine die andere waschend, müsste der Grienlächer schweben, jene Person, deren Hand einmal wäscht, ein andermal gewaschen wird; der Grienlächer nimmt nichts ernst, auch nicht, was ernst genommen zu werden verdiente; für ihn wird alles zur Variation einer Karnevalssitzung: Männergesang und Frauenrecht, Schulreform und Deportation; alles ist ihm nur Anlass, Witze zu erzählen und allgemeine Nettigkeit zu fordern; er weiß, dass nichts so heiß gegessen wird, wie es gekocht wird; deshalb kocht er gleich lau und kommt nie in Gefahr, sich den Mund zu verbrennen; er könnte – so zwischen den beiden Händen schwebend – ein vulgäres Gesicht haben, patrizisch gekleidet sein, zwinkernde Augen wie Schäl, eine kreislaufgestörte Nase wie Tünnes haben; zarte Hände und plumpe Füße, oder umgekehrt; er hat einen Horror vor dem Geistigen, der ihn manchmal sogar seine Ureigenschaft, den Humor, vergessen lässt; wenn ein Grienlächer ernst wird, wird es ungemütlich: er hat seinen Urfeind, den Geist, gewittert und ahnt, dass Unnettes unvermeidlich wird und wenn es unnett wird, ist Köln nicht mehr Köln, und wohin sollte man sich als tumbes Brüderlein dann wenden? Grienlächer ist unübersetzbar.

Damit wären noch lange nicht alle Ingredienzien aufgezählt, die das Kölnische zu einem wahren Eigenschaftswort machen, das beanspruchen kann, eine Vokabel ganz besetzt zu halten. Der Rhein gehört natürlich dazu, Fabriken, Vororte, römische Mauern. Obwohl es Gefängnisse in jeder Stadt gibt – und in einigen den Rhein, die römischen Mauern und die Brücken oder die Vororte – wäre das Stadtgefängnis am Klingelpütz doch noch als typisch zu nennen; es ist hässlich und doch vertraut, es ist ständig überfüllt, längst nicht mehr up to date, und doch erfüllt der Plan eines Neubaus die gegenwärtigen, die ehemaligen und die potentiellen Insassen mit einer gewissen Trauer; was die Fachleute Kriminalität nennen, ist in Köln, aus bislang ungeklärten Gründen, so verbreitet, wie es ansonsten nur in Hafenstädten verbreitet ist. So bezeichnet der Ausdruck »Er sitzt im Pütz« eher einen Unglücks-, nicht immer einen Trauerfall, und die Anzahl der Kölner, die den »Pütz« von innen kennen, ist so groß (ich werde mich hüten, hier Zahlen zu nennen), dass man getrost von einer gewissen Vertrautheit sprechen kann. Ob so viele Kölner den Dom von innen kennen wie den Klingelpütz? Ich will mich bemühen, nett zu bleiben. Sicher ist, dass der Gefängnispfarrer die Pfarre mit der höchsten Kirchgängerquote im gesamten Erzbistum hat. Da sitzen sie nun, die das komplizierte Instrument Klüngel nicht zu benutzen verstanden, deren Unnettigkeit aktenkundig werden musste.

Vielleicht wäre ein kleines Gitter, das viele Deutungen zuließe: Parkgitter, Rheingitter, Gefängnisgitter, als zusätzliches Moment in meinem imaginären Stadtwappen angebracht.

ERNST STADLER

(1883–1914)

Fahrt über die Kölner Rheinbrücke bei Nacht

Der Schnellzug tastet sich und stößt die Dunkelheit
entlang.
Kein Stern will vor. Die ganze Welt ist nur ein enger,
nachtumschienter Minengang,
Darein zuweilen Förderstellen blauen Lichtes jähe
Horizonte reißen: Feuerkreis
Von Kugellampen, Dächern, Schloten, dampfend,
strömend … nur sekundenweis.
Und wieder alles schwarz. Als führen wir ins Eingeweid
der Nacht zur Schicht.
Nun taumeln Lichter her – verirrt, trostlos vereinsamt
mehr – und sammeln sich – und werden dicht.
Gerippe grauer Häuserfronten liegen bloß, im
Zwielicht bleichend, tot – etwas muss
kommen – oh, ich fühl es schwer
Im Hirn. Eine Beklemmung singt im Blut. Dann dröhnt
der Boden plötzlich wie ein Meer:
Wir fliegen, aufgehoben, königlich durch nachtentrissne
Luft, hoch übern Strom. O Biegung der
Millionen Lichter, stumme Wacht,
Vor deren blitzender Parade schwer die Wasser
abwärts rollen. Endloses Spalier,
zum Gruß gestellt bei Nacht!
Wie Fackeln stürmend! Freudiges! Salut von Schiffen
über blauer See! Bestirntes Fest!
Wimmelnd, mit hellen Augen hingedrängt! Bis wo die
Stadt mit letzten Häusern ihren Gast entlässt.

Und dann die langen Einsamkeiten. Nackte Ufer.
Stille. Nacht. Besinnung. Einkehr.
Kommunion. Und Glut und Drang
Zum Letzten, Segnenden. Zum Zeugungsfest.
Zur Wollust. Zum Gebet. Zum Meer.
Zum Untergang.

VICTOR HUGO

(1802–1885)

Aachen – Rendezvous mit der Geschichte

Geht man auf die Kirche von der Seite des großen Portals zu, so vermengt und überbaut sich das Römische, das Romanische, Gotische, Rokoko und Moderne in dieser Fassade ohne alle Verwandtschaft, ohne Notwendigkeit, ohne Ordnung und daher auch ohne Großartigkeit.

Gelangt man aber von der Seite der Chorhaube zur Kirche, so ist der Eindruck ein ganz anderer. Die hohe Apsis aus dem vierzehnten Jahrhundert erscheint in ihrer ganzen Kühnheit und Schönheit mit dem klug berechneten Winkel der Dachung, der reichen Arbeit ihrer Dockengeländer, mit ihren mannigfaltigen Wasserspeiern, mit der dunklen Farbe ihres Gesteins und mit der gläsernen Durchsichtigkeit ihrer ungeheuren Fenster, an deren Fuß sich zweistöckige Häuser ganz unscheinbar in die Gegenpfeiler hineindrücken.

Dennoch ist der Anblick der Kirche von hier aus, so großartig er auch scheinen mag, nur bastardig und nicht übereinstimmend. Zwischen der Apsis und dem Portal, in einer Art von Loch, auf das sich alle Linien des Baues konzentrieren, verbirgt sich, mit der Hauptfassade notdürftig durch eine niedliche Brücke mit Schnitzwerken aus dem vierzehnten Jahrhundert verbunden, die byzantinische Kuppel mit dreieckigen Giebeln, die Otto III. im 10. Jahrhundert über dem Grabe Karls des Großen auffuhren ließ.

Die belegte Fassade, die zurückweichende Kuppel, die zerrissene Apsis, das ist der Dom von Aachen. Der Baumeister von 1353 wollte in seinen verschwenderischen Bauplan die Kirche Karls des Großen, die im Jahre 882 von den Normannen zerstört worden war, und den Dom Ottos III. aufnehmen, der im Jahre 1236 niederbrannte. Eine Reihe niederer Kapellen, an die Grundfläche der Hauptkirche angeschlossen, sollte vom Portal aus ihre Gliederung über den ganzen Bau erstrecken. Schon waren zwei dieser Kapellen, die noch vorhanden und bewundernswürdig schön sind, ausgebaut, als die Feuersbrunst des Jahres 1366 kam. Hier fand diese mächtige architektonische Schöpfung ihre Grenze. Sonderbar, aber das fünfzehnte und sechzehnte Jahrhundert haben nichts für diese Kirche getan, das achtzehnte und neunzehnte haben sie verdorben.

Man muss indessen sagen, dass der Dom von Aachen, im ganzen genommen und wie er nun einmal ist, Masse und Größe hat. Nach einigen Augenblicken der Betrachtung entwickelt dieser Bau eine wunderbare Majestät, diese außerordentliche Kirche, die wie das

Werk Karls des Großen selbst unvollendet geblieben ist und die sich aus einer Reihe von Baustilen zusammensetzt, die so unterschiedlich sind wie die Völker, die in seinem Reich lebten.

Nachdem ich die Wölbung des Portikus' und die alten Erztore, in der Mitte mit einem Löwenhaupt geschmeckt und in Felder abgeteilt, um sich den Architraven anzuschließen, hinter mir gelassen hatte, war das, was meinen Blick besonders traf, eine helle, zweigeschossige und von oben herab beleuchtete Rotunde, in der von allen Seiten her die koketten Spiellaunen des Grotten- und Muschelwerkstils wucherten. Dann das Auge zu Boden senkend, erblickte ich mitten im Pflaster dieser Rotunde bei dem weiblichen Lichtschein, den die Fenster herabgießen, eine große schwarze Marmorplatte, von den Füßen der Besucher abgetreten und mit dieser Inschrift in Buchstaben aus Kupfer:

CAROLO MAGNO

Das einzige in dieser Kapelle, was des großen Mannes und Ortes würdig, ist ein ungeheurer Kronleuchter von etwa zwölf Fuß im Durchmesser und mit achtundvierzig Lichtschnäbeln, den Barbarossa im zwölften Jahrhundert (um 1165 –70) hierher schenkte. Dieser Leuchter aus vergoldetem Kupfer und Silber hat die Gestalt einer Kaiserkrone; er ist unmittelbar über der schwarzen Marmorplatte an der Gewölbedecke vermittelst einer eisernen Kette von neunzig Fuß Länge befestigt.

Die schwarze Steinplatte misst ungefähr neun Fuß in der Höhe und etwas über sieben in der Breite.

Karl der Große liegt nicht mehr unter diesem Stein. Im Jahre 1166 wurde er auf Befehl Friedrich Barbarossas ausgegraben, dessen Kronleuchter diese Heiligenschänderei nicht wiedergutmacht. Die Kirche nahm das kaiserliche Gerippe und zerschnitt es als das eines Heiligen, um aus jedem Beinteilchen eine Reliquie zu machen. In der nahen Sakristei zeigt ein Vikar den Besuchern den Arm Karls des Großen, jenen Arm, der die Weltkugel hielt, das heilige Gebein, den Schädel, diesen Schädel, der das Mühlwerk eines neuen Europa war und an den jetzt ein Fremdenführer mit seinem Finger klopft.

Endlich geleitete mich mein Führer über eine andere schmale und dunkle Treppe, die seit sechs Jahrhunderten viele Könige, viele Kaiser und viele berühmte Personen bestiegen, nach der Galerie hinauf, die das erste Stockwerk der Rotunde bildet und das Hochmünster genannt wird.

Hier sah ich unter einer Verkleidung von Holz, die er zur Hälfte beseitigte, die aber nur vor gekrönten Besuchern ganz weggenommen wird, den steinernen Stuhl Karls des Großen. Dieser Stuhl, niedrig, breit, mit einer gerundeten Rückenlehne, aus vier nackten, bildlosen Platten weißen Marmors gebildet, die durch eiserne Sparren zusammengehalten werden, mit einem Eichenbrett als Sitz, worauf ein Kissen von rotem Samt, steht auf sechs Stufen, davon zwei aus Granit und vier aus weißem Marmor sind.

Auf diesem Stuhl, hoch auf einer steinernen Estrade, zu der die vier weißen Marmorstufen geleiteten, die Krone auf dem Haupt, die Weltkugel in einer, das Zepter in der andern Hand, das deutsche Schwert an der Seite, den Kaisermantel um die Schultern, das Kreuz Christi am Halse, so saß Kaiser Karl der Große in seinem Grab. ...

Und dieser Stuhl, worauf der Riese Karl der Große gesessen, wurde zum Thron, auf dem vier Jahrhunderte hindurch die Größe der Kaiser ihren Platz nahm.

Sechsunddreißig Kaiser, mit Einschluss Barbarossas, wurden auf diesem Stuhl im Hochmünster von Aachen auch wirklich gesalbt und gekrönt. Ferdinand I. war der letzte, Karl V. der vorletzte. Seit damals fand die Krönung der deutschen Kaiser in Frankfurt am Main statt.

FRIEDRICH SCHILLER

(1759–1805)

Zu Aachen in seiner Kaiserpracht ...

Zu Aachen in seiner Kaiserpracht,
Im altertümlichen Saale,
Saß König Rudolfs heilige Macht
Beim festlichen Krönungsmahle.
Die Speisen trug der Pfalzgraf des Rheins,
Es schenkte der Böhme des perlenden Weins,
Und alle die Wähler, die sieben,
Wie der Sterne Chor um die Sonne sich stellt,
Umstanden geschäftig den Herrscher der Welt,
Die Würde des Amtes zu üben.

Und rings erfüllte den hohen Balkon
Das Volk in freud'gem Gedränge,
Laut mischte sich in der Posaunen Ton
Das jauchzende Rufen der Menge.
Denn geendigt nach langem verderblichen Streit
War die kaiserlose, die schreckliche Zeit,
Und ein Richter war wieder auf Erden.
Nicht blind mehr waltet der eiserne Speer,
Nicht fürchtet der Schwache, der Friedliche mehr,
Des Mächtigen Beute zu werden.

GEORG FORSTER

(1754–1794)

Das Jülicher Land

Wir rissen uns aus den Umarmungen unserer Freunde und reisten von P. bei Mondschein die ganze Nacht hindurch nach Jülich. Die Gegend ist flach, aber vortreffliches Saatland, und besonders wird sie jenseits Jülichs sehr schön durch Haine von hochstämmigen Ulmen, Eschen und Hainbuchen; in diesen ist fast jedes der naheliegenden Dörfer gleichsam vergraben oder ragt nur mit der Kirchturmspitze daraus hervor. Jülich ist eine kleine Festung von der unbedeutenden Art, die man Bicoque nennt. Gegen einen Feind, der auf der Anhöhe, von der wir von Düsseldorf hinabkamen, seine Batterien anlegte, könnte es sich keinen Augenblick halten.

Die Dörfer und Flecken in dieser Gegend sind zum Teil aus Stein und Ziegeln sehr dauerhaft erbaut und bezeugen den Wohlstand ihrer Bewohner. Dahin kann es leicht mit dem Flor eines Landes kommen, wenn man es nicht, unter dem Vorwande der landesväterlichen Sorgfalt, aussaugt, dem Untertanen nicht durch vielfältige Verordnungen die Hände zu fest bindet und ihm nicht durch drückende Steuern den Mut benimmt. Den Ständen der Herzogtümer Jülich und Berg gebührt das Lob dieser guten Administration.

Die Menschen in dieser Gegend sprechen eine weit plattere Sprache als die oberhalb Kölns; mir schien sie sogar platter zu werden, je weiter wir uns vom Rhein hierherwärts entfernten. Alle Mannspersonen, die uns begegneten, waren wohlgewachsen und von einer bestimmteren, ausdrucksvolleren Gesichtsbildung. Die Weiber hatten nicht die eckigen, hervorstehenden Backenknochen, die in den oberen Rheingegenden und weiter hinauf im Reiche so charakteristisch sind. Manche, die wir sahen, hätten einem flämischen Maler zu Nymphen und Göttinnen sitzen können. Arbeitsamkeit erhält diese Menschen nüchtern und macht sie verhältnismäßig gegen die Oberländer wohlhabend. Das feuchte Klima, die stete Anstrengung beim Ackerbau, vielleicht auch das ursprüngliche Temperament des blonden, niederdeutschen Blutes macht sie phlegmatisch, gleichgültig, ungesellig, störrisch; und die Religion, wenigstens so, wie man sie ihnen nach hierarchischen Grundsätzen beibringt, trägt eben nicht viel dazu bei, sie geistreich und aufgeweckt zu machen. Ihr Wohlstand gibt ihnen Unabhängigkeit, und dieses glückliche Verhältnis zu dem Nebenmenschen trägt vielleicht auch das seinige dazu bei, die Gleichgültigkeit gegen dem Fremden bis zur rohen, unwirtbaren Ungezogenheit zu treiben. Selbst bei denen, die noch Höflichkeit zu bezeigen geruhten, hatte sie einen so kecken Anstrich, dass ich mich ihrer im Namen der Menschheit freute, so wenig sie für mich, als einzelnen betrachtet, Einladendes und Schmeichelhaftes haben konnte. Die Einförmigkeit der Beschäftigungen des Ackerbaues und die strenge Ordnung, in der sie aufeinander folgen, gibt demjenigen, der sich bloß davon nährt, eine Einseitigkeit, die in vielen Fällen bis zum hartnäckigsten Eigensinn geht, zumal wenn es auf die Einführung einer verbesserten Kultur ankommt; auch trägt sie vieles dazu bei, eine habituelle Langsamkeit hervorzubringen, die man jedoch sorgfältig von Faulheit und Müßiggang unterscheiden muss. Der Müßiggänger, wenn er Munterkeit und einigen Ideenvorrat besitzt, kann ungleich unterhaltender sein, als dieser kalte Alltags- und Gewohnheitsmensch; allein seine Abhängigkeit macht ihn verächtlich und untergräbt seine Sittlichkeit. Der langsame, gleichgültige, in seinem Kreise sich fortwälzende Dummkopf, wenn er sich und die Seinigen redlich ernährt, ist dem Staate wichtiger, als Mensch glücklicher und moralisch besser, ob er gleich auf der Leiter der Erdenwesen, nach ihren Fähigkeiten geordnet, tiefer steht. In den Städten der hiesigen Gegend, wo sich auf das angebotene Phlegma und den damit verbundenen Stumpfsinn, die Faulheit, die Unsittlichkeit und der Aberglaube pfropfen, findet man allerdings die menschliche Natur in ihrer empörendsten Entartung.

KLEMENS PETERHOFF

(* 1949)

Hexentreiben

Die Nacht ist weit vorangeschritten. Die Honoratioren haben das Bierzelt vor Stunden verlassen, und die Tanzkapelle packt zusammen. Schmierige Tische, zertretene Becher, Pfützen und Schlieren künden von einem ausgelassenen Fest. Von den Schützen stehen noch einige an der Theke zusammen. Der Hauptmann ergreift ein Glas Bier, leert es in einem Zug, kippt einen doppelten Korn hinterher, schiebt seine Truppe mit ausgebreiteten Armen beiseite, holt eine lebende Maus aus der Jacke, hält das zappelnde Tier am Schwanz in die Höhe, beißt ihm den Kopf ab und schlingt es herunter. Die anderen haben anscheinend mit ihm gewettet. Jetzt klopfen sie ihm auf die Schulter und schieben ihm johlend Geldscheine zu. ...

Einige stecken die Köpfe zusammen, tuscheln sich etwas zu, beginnen zu kichern und nehmen sich einen Besucher vor. Ihr kennt ihn – er wohnt nicht direkt im Dorf, sein Hof liegt draußen, an der Schleuse, er lebt mit einer jungen Frau zusammen, die Leute gehen beiden aus dem Weg. Was hat ihn dazu gebracht, auf den Ball zu gehen – ausgerechnet am Sonntag, wenn sich das ganze Erw im Festzelt versammelt – obwohl er doch wissen muss, dass ihn hier niemand sehen will? Ist ihm nicht klar, dass ihn alle verachten?

Früher hat er ganz selbstverständlich dazu gehört. Er war beim Afrikakorps, kam bereits kurz nach dem

Krieg zurück, übernahm seinen Hof, reparierte sein Haus, hielt sich so recht und schlecht über Wasser, trank mehr, als ihm gut tat, und galt bei den Leuten als Stimmungskanone. Natürlich marschierte er bei den Schützen mit. Während der Karnevalstage ist er als Muhme durch unser Dorf gelaufen. Ich habe gesehen, wie er Küsse verteilte und Kinder erschreckte.

Doch dann hat er einen Fehler gemacht. Da ist diese Frau, mit der er zusammenlebt. Sie kommt aus der Eifel, ist mindestens fünfzehn Jahre jünger als er und in erster Ehe geschieden. In Hoven, drüben am anderen Ufer der Rur, erzählt man, dass sie mit einem Forstwirt verheiratet war. Der Mann hat sie häufig geschlagen, vor allem, wenn er getrunken hatte. Einmal hat sie sich losreißen können, doch als sie davonlaufen wollte, soll er ihr in den Rücken geschossen haben. Die Leute können ihn gut verstehen. Ihr kennt ja den Spruch: »Mädjes, die flöte, on Honder, die krihe, denne moss me de Hals erömdrihe«. Was soll man denn machen, wenn sich die eigene Frau nichts sagen lässt? Wenn sie nicht wäscht oder putzt? Wenn der Garten verwildert, weil sie sich nicht um ihn kümmert? ... Das würde er sich nie gefallen lassen, sagt der alte Obelt – Ihr wisst schon, Obeltse Kres, der Bauer am Steg. »Ich hött et ir met de Schmek besorch«, wirft ein anderer ein. Mit einem lüsternen Grinsen leert er sein Glas. ...

Und nun steht ihr jetziger Mann an der Theke – ... und will nicht verstehen, dass sie ihn nicht dabei haben möchten. Der Zimmermann nickt ihm zu, ich sehe ihn lächeln und atme schon auf. Aber dann höre ich, wie er die Frau als Hure bezeichnet und ihre

»Möpse« mit einem Euter vergleicht. Der andere fällt auf die Provokation herein, ballt seine Faust, kassiert sofort einen Schlag ins Gesicht, versucht sich zu decken, weicht seinem Gegner aus, stolpert dabei und fällt auf den Rücken. Jemand hat ihm ein Bein gestellt. Der Hauptmann packt einen Abfallkübel und leert ihn über ihm aus. Mit geschlossenen Augen liegt der Gefallene zwischen schmutzigen Tellern, fettiger Sauce und feuchtem Brot.

Ihr habt mir gesagt, dass Ihr nicht mit ihm sprecht. Aber bevor Ihr den Mann oder seine Frau verurteilt – Mutter, wie steht es mit Dir? Erst gestern ist mir ein Schimpfwort eingefallen, das sie oft hinter mir her gerufen haben: »Hexeköttel«. Sagt Dir das nicht genug? …

Du bist eine schöne Frau. Du kommst aus der Stadt. Du bist eine Ausländerin. Mit den anderen Frauen in Erwerath hast Du nur wenig gemeinsam. … Die Leute starren Dich an, sobald Du die Kirche betrittst – vor allem die Männer, die hinten, unter der Orgel, am Taufstein oder am Ausgang stehen. Ich weiß, was sie denken – ihre Augen verraten sie. Du kniest in der letzten Bank, nur wenige Meter von mir entfernt, Dein Körper ist starr, ich sehe, wie Du die Hände zusammenpresst, ich würde mich gerne neben Dich setzen, ich möchte Dich schützen, so gut ich kann, aber das darf ich nicht. In Boisdorf sitzen die Frauen links und die Männer rechts.

Während der Wandlung schlägst Du die Hände vor Dein Gesicht. Dann möchtest Du kommunizieren, wie Du es jeden Sonntag tust. Du schaffst es, die Bank zu verlassen und nach vorne zu gehen, aber das nützt Dir nichts, sie drängen Dich ab, Du stehst in der Ecke am Seitenaltar und wartest, bis sie die Kommunionbank verlassen haben. Einmal hat Dich selbst der Priester übersehen. Die Leute haben zufrieden gelächelt, als Du zurückgehen musstest – nach hinten, auf Deinen Platz, aufrecht wie immer, aber so blass wie niemals zuvor.

Ja, Du gehörst dazu – zu den Leuten am Rand der Gemeinschaft, die niemand dabei haben will – genau wie die Frau an der Schleuse, mit der Ihr nicht sprecht. …

Sie glauben nämlich, dass Du eine Hexe bist. Die Gründe sprechen für sich. Dass Hexen gut aussehen können, wissen die Leute. Auch ihre Klugheit ist bekannt. … Aber in Erwerath haben Dich alle durchschaut.

Hexen spielen Theater. Sie sind in der Lage, ihre Gestalt zu verändern. Am liebsten treten sie als Katzen auf. Nachts – bei Vollmond oder Neumond – treibt es sie hinaus. Sie treffen sich draußen am Judentempel, unter den großen Pappeln hinter der alten Burg, sitzen dort lange reglos im Kreis, verehren seltsame Wesen und rufen gefährliche Kräfte herbei. Kommt man in ihre Nähe, empfindet man eine unerklärliche Angst. Wenn sie den Tempel verlassen, gehen sie auf die Jagd. Sie machen die Tiere verrückt und hängen den Menschen tödliche Krankheiten an.

Aber man kann sich vor ihnen schützen. In Hoven hat mir die alte Frau Merten geraten, dreimal am Tag den Engel des Herrn zu beten. Dann könne mir niemand etwas zuleide tun. Wenn ich nach Hause komme, soll ich das Kreuzzeichen schlagen. Wer sich mit Weihwasser segnet, umgibt sich mit einer Hülle, die niemand durchdringen kann. Sie blendet die Hexen, so dass sie die Augen abwenden müssen. Geweihtes Wasser verbrennt ihre Haut. Fremden Katzen sollte man auf keinen Fall zu nahe kommen. Am besten ist es, sie zu töten. Weil Ihr das wisst, habt Ihr damit begonnen, andere Masken aufzusetzen. Manchmal tretet Ihr auch als Krähen oder als Eulen auf. Und wenn man einen Strohhalm in der Wohnung findet, muss man ihn sofort zerbrechen.

... Im Sommer vor Eurer Hochzeit hast Du Urlaub im Erw gemacht – erinnerst Du Dich? Schmitze Bärbje – Du weißt schon, Frau Pötz – hat mir alles erzählt. Anfangs ist nichts Ungewöhnliches geschehen. Doch dann hat man oft eine fremde Katze im Dorf gesehen. Bis heute weiß niemand, woher sie kam, aber die Leute erinnern sich immer noch an ihr schwarzes, seidig glänzendes Fell, und ich muss nicht betonen, dass Du ebenfalls schwarze Haare besitzt. Die alte Frau Duckel hat sich mit einem Beil bewaffnet, ein »Gegrüßet seist du, Maria« gebetet und die Katze mit Essensresten in ihre Küche gelockt. Während ihr Gast eine Mischung aus Buttermilch und Kartoffelschalen verzehrte, holte sie einen Weihwassernapf aus der Diele, schlich leise zurück und sperrte hinter sich ab. Als sie die Katze besprengen wollte, duckte sich diese hinter die Schüssel und sträubte mit einem warnenden Fauchen ihr Fell. Frau Duckel wusste genug. Am liebsten hätte sie schreiend das Weite gesucht. Aber sie überwand ihre Angst, packte kurz entschlossen das Beil, drängte das Scheusal in eine

Ecke, holte aus, so weit sie konnte, schlug zu, verfehlte ihr Opfer, stürzte zu Boden und verlor das Bewusstsein. Rasend vor Panik sprang das Tier auf den Tisch, geriet dort in eine Pfanne mit heißem Speck, kreischte mit einer Stimme, die man bei einer Katze niemals erwartet hätte, und fuhr durch das offene Fenster ins Freie hinaus. Draußen im Hof will jemand gesehen haben, wie sie in Richtung Judentempel verschwand.

Während Frau Duckel die Katze entlarvte, warst Du allein unterwegs ... Die Katze ist nicht mehr zurückgekehrt. Aber am Tag Deiner Hochzeit hat bei Duckels die Scheune gebrannt.

Schon dieser Brand hat den Leuten Angst eingejagt. Doch was noch schwerer wiegt, ist die Geschichte mit dem jungen Stiefen. Du weißt schon, wen ich meine – man nannte ihn Jean oder Schäng. Jean war nur wenige Monate vor Deiner Hochzeit aus Russland zurückgekehrt. Die Leute erzählten ihm, was sie über Dich wussten, doch ihr Gerede störte ihn nicht. Der junge Stiefen kannte keine Angst. Schon als Junge stieg er in die höchsten Pappeln, um die Krähennester auszuplündern. Er verprügelte seinen Lehrer, weil er nicht nachsitzen wollte, band die alte Frau Rumer an einen Birnbaum hinten in ihrem Hof und galt als der wildeste Bursche im ganzen Erw. Später, während der Karnevalstage, oder im Sommer, während der Ernte, stellte er seinen Mägden nach. Er sperrte sie in einen Schuppen, ließ sie dort warten, bis er in Ruhe zu Abend gegessen hatte, und zwang sie dann, alles zu tun, was er wollte. Doch was er auch trieb – es brachte ihn nicht in Verruf. Den Lehrer zu terrorisieren oder mit Mägden zu schlafen, galt anscheinend als lässliche Sünde. ...

Offenbar hat sich der junge Stiefen in Dich verliebt. Vater war oft unterwegs. Also nutzte sein Nebenbuhler jede Gelegenheit, mit Dir zusammenzukommen. Wenn Du nach Boisdorf wolltest, um Brot zu besorgen, fuhr er mit seinem Auto vorbei, um Dich mitzunehmen. Wenn Du am Milchauto eingekauft hattest, half er Dir, Deine Tasche nach Hause zu tragen. Und warst Du im Garten beschäftigt, stand er plötzlich am Zaun. Wahrscheinlich hätte man diese Dinge nicht weiter beachtet, wärest Du nicht auf Hahns Berg gegangen – einige Male, und immer am Abend, zu einer Zeit, in der alle anderen Frauen längst in der Küche standen. Natürlich hattest Du ihn nicht gebeten, Dir zu folgen – aber die Leute glaubten, dass Ihr verabredet wart. Niemand konnte sich vorstellen, dass es Dir Freude machte, am Abend spazieren zu gehen – noch dazu ohne Begleitung. Vor der Dunkelheit hatten sie Angst. Denn während der Dämmerung war es am Driesch nicht geheuer. Man hätte dem Zoddeldier oder der Doorweedsjuffer begegnen können – Gespenstern, die Dir nichts sagten, Geschichten, die Schäng nur belustigt hätten. …

Kurze Zeit später – irgendwann Anfang November – ist er gestorben. »Malaria«, meint Bärbje und schenkt mir frischen Kaffee in die Tasse, aber sie zögert bei dieser Erklärung und blickt mich nicht an.

Ich weiß, was sie glaubt, und ich kann mir auch denken, wie sich in Erwerath alle die Mäuler zerrissen haben – ich höre förmlich, wie sie miteinander reden. Wenn auf der Straße etwas geschieht, ist niemand zu sehen – das habe ich oft genug selber erlebt – aber sie stehen hinter ihren Gardinen, wo sie alles beobachten können, ohne dass man sie selber bemerkt, und später, am Abend, tauschen sie ihre Gedanken aus. Und dann, als der Bauer gestorben ist, geht das Gerede erst richtig los – an seiner Bahre, nachdem sie zur Mutter Gottes gebetet haben. »Ich han et jeahnt«, erklärt eine Nachbarin. »Er hött dem Minsch usm Wäch jonn solle – der Hex – äwwer er hätt os jo net jejlöw.«

Früher – da bin ich fast sicher – hätten sie Dich verbrannt. Glücklicherweise sind ihnen heute die Hände gebunden. Aber den heimlichen Terror, die psychische Folter – das kann ihnen niemand verbieten. Die Dorfgemeinschaft belauert Dich. Die Leute reden hinter Deinem Rücken. Sie grüßen Dich nicht und verlassen die Straße, wenn Du Dich sehen lässt. Der Fleischer verkauft Dir minderwertige Ware, der Krämer weigert sich überhaupt, Dich zu bedienen, jemand fährt mit seinem Fuhrwerk dicht an Dir vorbei und zwingt Dich, in die Gosse auszuweichen, die Kinder werfen mit Steinen und rufen Dir Schimpfwörter nach, sie erzählen mir in der Schule, was man zu Hause über Dich sagt, und der Schützenhauptmann spuckt in Boisdorf auf dem Kirchplatz vor Dir aus.

Mutter, Du schwebst in großer Gefahr. Sie schlagen Dich nicht, und sie töten Dich nicht. Aber sie stimmen sich ab und bringen Dich um den Verstand – so lange, bis sie Dich wegbringen können – nach Birkesdorf, auf den »Jeckeberg«. Ich bitte Dich – geh, bevor es zu spät ist – zieh in die Stadt, am besten, so weit Du kannst. Such Dir eine Wohnung irgendwo in einem Viertel, wo Dich niemand kennt, geh ins Konzert, und kaufe Dir etwas zu lesen, kleide Dich ein, tu, was Du willst – aber geh! Die Annehmlichkeiten, die Leute wie wir nicht besitzen – Du glaubst nicht, wie sehr sie Dir helfen, Dich wie ein richtiger Mensch zu fühlen, der sich vor niemandem zu verstecken braucht. Arbeit zu haben und zu erleben, wie tüchtig Du bist – überall kaufen zu können, was Du Dir wünschst – gefällt Dir das nicht? Als ich noch klein war, bist Du manchmal nach Köln oder Aachen gefahren – heimlich – nur um für wenige Stunden unter Menschen zu kommen. Hast Du vergessen, wie sehr Du diese Besuche genossen hast? Mutter, ich flehe Dich an: geh dorthin zurück, woher Du gekommen bist.

GUILLAUME APOLLINAIRE

(1880–1918)

Die Frauen

Im Hause des Winzers sitzen die Frauen beim Nähen
Lenchen versorg den Ofen stell Kaffeewasser darauf
– Die Katze hat sich gewärmt nun reckt sie sich auf
– Gertrud und Martin ihr Nachbar entschließen sich
endlich zur Ehe

Die blinde Nachtigall fing fast zu singen an
Doch beim Eulenschrei bebte sie hinter den Stäben
aus Eisen
Die Zypresse dort drüben sieht aus wie der Papst auf
Reisen

In ihrem Schneekleid – Grad hielt der Briefträger an
Und macht ein Schwätzchen mit dem neuen
Schulmeister
– Der Winter ist diesmal sehr kalt das gibt einen guten
Wein
– Der Sakristan liegt im Sterben er ist taub hat ein
Humpelbein
– Eine Stola stickt die Tochter des alten Bürgermeisters
Käthi du hast ihn nicht gut gestopft diesen Strumpf

– Bring Kaffe Butter und Brotschnitten herein
Marmelade Schmalz und den Milchtopf stell in die
Mitte
– Lenchen schenk mir noch etwas Kaffe ein bitte
– Es hört sich an als spräche der Wind Latein

– Lenchen schenk mir noch etwas Kaffee ein bitte
– Lotte so traurig mein Herz – Sie ist verliebt glaube ich
– Behüte Gott – Ich für mein Teil liebe nur mich
– Ruhe Großmutter will ihren Rosenkranz beten

– Ich huste Leni du musst mir den Zuckerhut geben
– Peter und sein Frettchen gehen auf Kaninchenjagd
Der Wind hat alle Tannen zum Tanzen gebracht
Lotte die Lebe macht traurig – Ilse süß ist das Leben

Weinberge mit knorrigen Reben (die Nacht begann)
Sahen wie Beinhäuser aus in der Dunkelheit
Im Schnee gefaltet lagen Grabtücher weit
Und Hunde bellten erstarrte Passanten an

Horch er ist gestorben Es läutete sacht
Den Tod des Sakristans die Glocke vom Gotteshaus
Liese schüre den Ofen er geht gleich aus
Die Frauen bekreuzten sich in der dämmernden Nacht

RENAN DEMIRKAN

(* 1955)

Auf dem Land

Tatta hatte ihren Namen von ihrem Neffen, weil er kein »n« sprechen konnte. Die anderen im Dorf haben das übernommen, und weil Tatta einen enormen Eierverbrauch hatte, wurde die »Eier-Tatta« aus ihr. Sie wohnte im gleichen Haus wie wir, im dritten Stock unter dem Dach. ... Einmal wöchentlich ging sie zu der Hühnerfarm am östlichen Rand des Dorfes. Eigentlich war es eine Obstplantage mit unzähligen Kirsch, Apfel- und Pflaumenbäumen. Meine Mutter hatte dort bei der Kirschernte ihr erstes eigenes Geld verdient. Das Ergebnis war eine lange Ehekrise gewesen, aber es hatte ihr das Selbstvertrauen gegeben, sich danach endgültig eine feste Anstellung zu suchen.

Jedenfalls holte Tatta dort jedes Mal zwanzig Eier, das war dorfbekannt, und jeder rechnete, dass sie bei dieser Zahl am Tag fast drei Eier essen müsste. Eines zum Frühstück ging noch, vielleicht auch zwei, aber drei Eier pro Tag? Niemand hatte im Dorf ein Recht auf Privatsphäre. Wir kauften z.B. ein Kilogramm

Brot pro Tag. Haben die nichts anderes zu essen? Tattas Schwester hatte einen großen Verbrauch an Bier und Zitronenlimonade. War sie eine Trinkerin? Die Familie von gegenüber bestellte mehrmals im Jahr große Säcke Kartoffeln, so wurden sie zu Geizhälsen, die trotz ihres Vermögens eine karge Speisekarte führten. Ein paar Jugendliche im Dorf haben sich daraufhin den Scherz erlaubt, im Namen dieser Familie zehn Kilogramm Rindfleisch vom Schlachter des Nachbardorfes zu bestellen. Es kam zu einem Eklat, der den Dörflern über ein Jahr Gesprächsstoff lieferte. Der Schlachter hatte das Fleisch in aller Frühe geliefert, und der Hausherr öffnete ihm nichtsahnend, noch in der Unterhose, die Tür. Er soll dem Lieferanten das Fleisch ins Gesicht gedrückt haben. Der hätte geschrieen, er wolle sein Geld. Mit Tritten soll er davongejagt worden sein. Der Halbnackte wäre noch hinter dem Wagen hergelaufen und hätte gebrüllt: »Ich schlag dir den Schädel ein! Lass dich nie wieder blicken!«

Morgens fuhr die Eier-Tatta mit dem Zug zur nächsten Kleinstadt, arbeitete acht Stunden unter »zivilisierten Leuten«, wie sie sich ausdrückte, beim Finanzamt, und ging abends direkt vom Bahnhof die fünfzig Meter zu unserem Haus und hinauf in ihre dunkle Dachkammer. Wir stellten uns die Zimmer dunkel vor, denn es gab nur zwei kleine Dachluken, durch die das Licht einfallen konnte. Sie hat außer ihrer Schwester und ihrem Neffen keinem Menschen die Tür geöffnet. Selbst als meine Mutter einmal am Wochenende, weil sonst niemand im Haus war, um Mehl nachfragen wollte, hat sie durch die geschlossene Tür geantwortet, dass sie keins hätte. Sie hatte schwarz gefärbtes, dauergewelltes Haar, durch das man die helle Kopfhaut schimmern sah. Vom Färben fielen ihr die Haare aus, aber sie ließ es nicht sein. Auch die Augenbrauen waren schwarz gefärbt. Dadurch wirkte sie sehr blass. Sie trug am liebsten Wolljersey. »Weil es so angenehm weich auf der Haut liegt«, antwortete sie, als meine Mutter ihren guten Geschmack lobte. Aber zu mehr Worten war sie selten bereit. Dann fuhr sie mit den Händen an die Haare, machte kleine Stützbewegungen an der Frisur, leckte einen ihrer Finger mit den breiten Nägeln und strich die Augenbrauen glatt. Einmal im Monat jedoch war die Eier-Tatta in größter Erregung. Man spürte die Aufregung bereits an ihrem schnellen, festen Gang, die Handtasche, nicht wie sonst an der Hand baumelnd, war an den Körper gedrückt, wenn sie vom Bahnhof ins Haus raste. Ein leichtes Rosé schimmerte auf den blassen Wangen, nervös leckte sie ununterbrochen die Lippen und war noch kürzer angebunden. Ich war sicher, dass sie, wenn sie sich nicht geniert hätte, am liebsten drei Stufen auf einmal genommen hätte, aber so hüpfte sie außer Atem die knarrenden Holzstiegen einzeln hinauf. Dann rannte sie im Bademantel in den Garten hinunter, um, wie sie es immer tat, ihre Tageskleidung zum Lüften aufzuhängen, aber nicht auf eine der beiden Wäscheleinen, die zwischen den Bäumen gezogen waren, sondern auf ihre eigene, freistehende – »wegen des Vogeldrecks«. Dann hüpfte sie wieder atemlos hoch. Nur noch zwei Stunden, um sich frisch zu machen und herzurichten für den einzigen, den sie vergötterte! Ich wäre zu gern in ihrer Dachkammer dabei gewesen, um zu sehen, wie aufgeregt sie jedes Mal in ihrer Garderobe nach dem für diesen Abend passenden Wolljerseykostüm gewühlt hat. An diesen Abenden hatte sie auch immer einen rosa-perlmuttfarbenen Nagellack auf ihren breiten Fingernägeln und dampfte von Kopf bis Fuß nach echt Kölnischwasser. Ihre Schwester hatte den einzigen Fernsehapparat im Haus, und manchmal wurden neben Eier-Tatta auch die anderen Hausbewohner zum gemeinsamen Fernsehen eingeladen. Es wurden Schnittchen hergerichtet, für die Kinder Zitronenbrause und für die Erwachsenen Bier. Aus Platzmangel saßen wir drei, der Neffe, meine Schwester und ich, auf dem Boden, die Erwachsenen auf Couch und Sessel. Nur Tatta nicht. Tatta saß auf einem Stuhl – kerzengerade! Sie trank auch kein Bier, sondern Wein, den sie sich mitbrachte. Passend zu den schwarzen Lackschuhen lag die kleine, schwarze Etui-Tasche auf dem Schoß. Das frisch gebügelte weiße Taschentuch legte sie nie aus der Hand. Als dann die Ansagerin die Zuschauer zum Abendprogramm begrüßte, zückte sie ein Erfrischungstuch mit echt Kölnischwasser, fuchtelte es auseinander und rieb sich die Schläfen ein: »Ruhe jetzt! Bitte seid still!« stotterte sie eindringlich. Dann kam er – ihr One and Only – VICO TORRIANI! Die Wangen rotglühend, prostete sie ihm zu. Sie schämte sich der anderen, die seinen Auftritt nicht würdigten und statt dessen aßen und sprachen. Ich bin sicher, dass sie entsetzlich eifersüchtig auf die blonde Assistentin war. Sie hatte die Punkte immer viel schneller beieinander und schrie sie ihm entgegen: »Der Kandidat hat 100 Punkte!«

Aber das war nicht die einzige Unterrichtsstunde über das neue Land, in das sie gekommen waren. Die beiden Mädchen wurden öfter von der Mutter der blonden Schönheit aus dem ersten Stock zum Abendbrot eingeladen. Ihre Tochter kam selten nach Hause, und die alte Frau wollte wohl nicht allein sein.

Der Tisch war schon gedeckt, als sie, Hand in Hand, etwas unbeholfen in der blitzblanken Küche herumstanden. In der Mitte stand ein Korb mit dünngeschnittenem Brot, eine Platte mit gelblicher und rötlicher Wurst in einer Pelle, Salami und Streichkäseecken, eine Schale mit Butter, ein Gläschen Gurken, eine Flasche Zitronenlimonade mit Schnappverschluss und drei verschieden gemusterte Bretter mit Kunststoffbelag. Auf dem einen war Obst, auf dem anderen Gemüse abgebildet, das dritte war kariert. Rechts und links davon lagen Messer und Gabel, davor standen Gläser. Als sich die jüngere Schwester wie gewohnt auf den Stuhl hockte, sagte die Gastgeberin: »Die Füße gehören unter den Tisch«. Den Ellbogen der Älteren schob sie kommentarlos vom Tisch zurück. Dann verteilte sie das dünngeschnittene Brot, für jeden eine Scheibe. Mit einem »Guten Appetit« reichte sie die Butter herum. Die Mädchen beobachteten, wie sie mit der Messerspitze ein daumengroßes Stück von der gelblichen Wurst aus der Pelle hob und auf der einen Brothälfte verteilte, mit der Gabel ein kleines Häppchen aufspießte und es zum Mund führte. Als sie die unsicheren Blicke der Mädchen bemerkte, versuchte sie, in ihrer strengen, aber freundlichen Art aufzumuntern: »Esst doch Kinder. Greift zu. Das ist gute Esel-Salami. Das ist selbstgemachte Leber- und Blutwurst.« »Ist das Rindfleisch?« kroch es der Älteren heraus. »Nein, Schweinefleisch. Selbstgeschlachtet! Nun esst doch!« Sie schnitt sich auffordernd ein weiteres Häppchen von der einen Hälfte des dünnen Brotes ab. »Wir essen aber kein Schweinefleisch«, plapperte die Jüngere. »Wir essen nur Rindfleisch. Blutwurst und so was mögen wir nicht.« Sie rümpfte die kleine Nase. Die Schwestern teilten sich den Streichkäse und versuchten mit Messer und Gabel der Frau gleichzutun – immer in kleinen Häppchen. Die gemeinsamen Abendbrote waren für sie ein umwälzendes Erlebnis. Denn bei ihnen wurde erstens abends warm gegessen, des weiteren durfte jeder sitzen wie er wollte, erzählen, was er tagsüber erlebt hatte, und das Brot wurde großzügig, in breiten Scheiben, verteilt. Das sollte jetzt anders werden. Die Kinder drängten zu Hause, sie wollten gemusterte Schneidebrettchen, dünn geschnittenes Brot und Zitronenbrause, ganz wichtig wären Streichkäseecken. Während die Eltern wie gewohnt warmes Essen zu sich nahmen und weiterhin Wasser dazu tranken, saßen die Mädchen fortan kerzengerade auf ihren Stühlen, teilten die kleinen Häppchen mit Messer und Gabel, »denn nur die Wilden essen mit den Fingern«, hatte die alte Frau aus dem ersten Stock gesagt, und spülten mit Zitronenbrause nach. Die Schneidebrettchen waren nicht mehr wegzudenken. Sie holten sie zum Frühstück und zum Mittag, um das dünngeschnittene Brot darauf zu legen. Auch sprachen sie während des Essens nicht mehr. Die bis dahin lebhaften Kinder saßen nun stocksteif am Tisch, die kleinen Häppchen ordentlich kauend, ohne zu schmatzen oder zu schlingen, wie es ihnen die »Tante« aufgetragen hatte.

Das Ostereiersuchen wurde auch übernommen. Die Mutter erfüllte ihnen den Wunsch, zwei Dutzend Eier anzumalen und im Garten zu verstecken. Sie sagte zwar, dass es reine Verschwendung und ungesund sei, außerdem reichlich albern, die Frühstückseier plötzlich nur noch bunt essen zu können, aber sie malte und versteckte und freute sich dann doch mit ihren Kindern. Aus Angst, die Eier könnten in der Tasche zerdrückt werden, trugen sie sie in der Hand in die Schule. Jetzt konnten sie wie die anderen Kinder ihr Frühstücksbrot mit einem gelben oder roten Ei auf den Tisch legen und mitreden. Von da an stand zur Osterzeit auch bei ihnen ein Korb mit Schokoladenhasen und Plüschküken auf der Anrichte.

Dann gab es den alljährlichen Marsch der Schützen und das anschließende Schützenfest. Da alle Dorfkinder hinter den grün uniformierten, ordensgeschmückten Erwachsenen herliefen, wünschten es sich die beiden Schwestern auch. Der Vater wollte ihnen die Freude nicht nehmen und erlaubte es. Als die Blasmusikkapelle vorbeizog, schloss er aber die Fenster: »Einen Beethoven haben sie, und was spielen die?« Kopfschüttelnd flüchtete er ins Hinterzimmer, um den »grobschlächtigen Marschrhythmus« nicht hören zu müssen. Das ganze Dorf war am Straßenrand versammelt und winkte den im Gleichschritt marschierenden Uniformierten zu. Die beiden Mädchen winkten mit. Die Bürgerwehr, wie sie früher genannt wurde, winkte mit ihren Vereinsfähnchen zurück. Es war etwas Besonderes, im Verein zu sein, und der renommierteste Verein im Dorf war der Schützenverein. Die Leute riefen: »Ah, der Badenweiler-Marsch! Ah, der Defilier-Marsch!« Obwohl die

Mädchen die einzelnen Musikstücke nicht unterscheiden konnten, für sie klang alles gleich, klatschten sie begeistert mit. Die Musiker marschierten steif wie Zinnsoldaten, nur auf ihre Noten konzentriert, die an die Instrumente geklemmt waren. »Der Wichtigste muss der Kapellmeister sein«, dachten die Schwestern. Er war der erste des Schützenzuges. In einem Abstand von fünf Metern marschierte er vor der Kapelle, sah nicht nach rechts, nicht nach links, und fuchtelte mit einem riesigen Taktstock in der Luft herum. Der Schweiß lief ihm die Wangen herunter, aber unermüdlich schmiss er den Stock in die Höhe und fing ihn wieder auf. Er war der einzige, der keinen Schnaps von den Leuten am Straßenrand annahm. Die Schützen dagegen, lauter Männer mit wippenden Pinseln an den Hüten und poliertem Blech auf der Brust, griffen gierig nach den kleinen Gläsern. Die wenigen Vereinsfrauen, ebenfalls in grünen Uniformen, hielten sich etwas zurück. Das Ende und der Höhepunkt des Umzugs war das Schützenzelt. Dort wurde weiter getrunken, das heimatliche Brauchtum gepflegt, geschützt und konserviert. Für die Kinder standen Karussell, Zuckerwatte und Losbuden bereit. Es roch nach gebrannten Mandeln. Während die anderen Dorfkinder zwischen ihren uniformierten Eltern und älteren Geschwistern zur Marschmusik herumhüpften, stampften die zwei Schwestern, rotglasierte Liebesäpfel verschlingend, durch die Pfützen zu den blinkenden Kirmeslichtern.

HEINRICH HEINE

(1797–1856)

Düsseldorf zur Franzosenzeit

Ja, Madame, dort bin ich geboren, und ich bemerke dieses ausdrücklich für den Fall, dass etwa nach meinem Tode sieben Städte – Schilda, Krähwinkel, Polkwitz, Bockum, Dülken, Göttingen und Schöppenstedt – sich um die Ehre streiten, meine Vaterstadt zu sein. Düsseldorf ist eine Stadt am Rhein, es leben da sechzehntausend Menschen, und viele hunderttausend Menschen liegen noch außerdem da begraben.

Die Stadt Düsseldorf ist sehr schön, und wenn man in der Ferne an sie denkt und zufällig dort geboren ist, wird einem wunderlich zumute. Ich bin dort geboren, und es ist mir, als müsste ich gleich nach Hause gehn. Und wenn ich sage, nach Hause gehn, so meine ich die Bolkerstraße und das Haus, worin ich geboren bin. Dieses Haus wird einst sehr merkwürdig sein, und der alten Frau, die es besitzt, habe ich sagen lassen, dass sie beileibe das Haus nicht verkaufen solle. Für das ganze Haus bekäme sie jetzt doch kaum so viel, wie schon allein das Trinkgeld betragen wird, das einst die grünverschleierten, vornehmen Engländerinnen dem Dienstmädchen geben, wenn es ihnen die Stube zeigt, worin ich das Licht der Welt erblickt, und den Hühnerwinkel, worin mich Vater gewöhnlich einsperrte, wenn ich Trauben genascht, und auch die braune Türe, worauf Mutter mich die Buchstaben mit Kreide schreiben lehrte. Ach Gott, Madame, wenn ich ein berühmter Schriftsteller werde, so hat das meiner armen Mutter genug Mühe gekostet.

Aber mein Ruhm schläft jetzt noch in den Marmorbrüchen von Carrara, der Makulaturlorbeer, womit man meine Stirne geschmückt, hat seinen Duft noch nicht durch die ganze Welt verbreitet, und wenn jetzt die grünverschleierten, vornehmen Engländerinnen nach Düsseldorf kommen, so lassen sie das berühmte Haus noch unbesichtigt und gehen direkt nach dem Marktplatz und betrachten die dort in der Mitte stehende, schwarze, kolossale Reiterstatue. Diese soll den Kurfürsten Jan Wilhelm vorstellen. Er trägt einen schwarzen Harnisch, eine tief herabhängende Allongeperücke. Als Knabe hörte ich die Sage, der Künstler, der diese Statue gegossen, habe während des Gießens mit Schrecken bemerkt, dass sein Metall nicht dazu ausreiche, und da wären die Bürger der Stadt herbeigelaufen und hätten ihm ihre silbernen Löffel gebracht, um den Guss zu vollenden; und nun stand ich stundenlang vor dem Reiterbild und zerbrach mir den Kopf, wie viele silberne Löffel wohl darin stecken mögen, und wie viele Apfeltörtchen man wohl für all das Silber bekommen könnte? Apfeltörtchen waren nämlich damals meine Passion; jetzt sind es Liebe, Wahrheit, Freiheit und Krebssuppe. Und eben unweit des Kurfürstenbildes, an der Theaterecke, stand gewöhnlich der wunderlich gebackene, säbelbeinige Kerl mit der weißen Schürze und dem umgehängten Korb voll lieblich dampfender Apfeltörtchen, die er mit einer unwiderstehlichen Diskantstimme anzupreisen wusste: »Die Apfeltörtchen sind ganz frisch, eben aus dem Ofen, riechen so delikat.« Wahrlich, wenn in meinen späteren Jahren der Versucher mir beikommen wollte, so sprach er mit solch lockender Diskantstimme, und bei Signora Giulietta wäre ich keine volle zwölf Stunden geblieben, wenn sie nicht den süßen, duftenden Apfeltörtchenton angeschlagen hätte. Und wahrlich, nie würden Apfeltörtchen mich so sehr angereizt haben, hätte der krumme Hermann sie nicht so geheimnisvoll mit seiner weißen Schürze bedeckt – und die Schürzen sind es, welche – doch sie bringen mich ganz aus dem Kontext, ich sprach ja von der Reiterstatue, die so viele silberne Löffel im Leibe hat, und keine Suppe, und den Kurfürsten Jan Wilhelm darstellt.

Er soll ein braver Herr gewesen sein, sehr kunstliebend und selbst sehr geschickt. Er stiftete die Gemäldegalerie in Düsseldorf, und auf dem dortigen Observatorium zeigt man noch einen überaus künstlichen Einschachtelungsbecher von Holz, den er selbst in seinen Freistunden, er hatte deren täglich vierundzwanzig, geschnitzelt hat.

Damals waren die Fürsten noch keine geplagten Leute wie jetzt, und die Krone war ihnen am Kopfe festgewachsen, und des Nachts zogen sie noch eine Schlafmütze darüber und schliefen ruhig, und ruhig zu ihren Füßen schliefen die Völker, und wenn diese des Morgens erwachten, so sagten sie: »Guten Morgen, Vater!« – Und jene antworteten: »Guten Morgen, liebe Kinder!«

Aber es wurde plötzlich anders; als wir eines Morgens zu Düsseldorf erwachten und »Guten Morgen, Vater!« sagen wollten, da war der Vater abgereist, und in der ganzen Stadt war nichts als stumpfe Beklemmung, es war überall eine Art Begräbnisstimmung, und die Leute schlichen schweigend nach dem Markt und lasen den langen papiernen Anschlag auf der Türe des Rathauses. Es war ein trübes Wetter, und der dünne Schneider Kilian stand dennoch in seiner Nankingjacke, die er sonst nur im Hause trug, und die blauwollnen Strümpfe hingen ihm herab, dass die nackten Beinchen betrübt hervorguckten, und seine schmalen Lippen bebten, während er das angeschlagene Plakat vor sich hinmurmelte. Ein alter pfälzischer Invalide las etwas lauter, und bei manchem Wort träufelte ihm eine klare Träne in den weißen, ehrlichen Schnauzbart. Ich stand neben ihm und weinte mit und fragte ihn, warum wir weinten? Und da antwortete er: »Der Kurfürst lässt sich bedanken.« Und dann las er wieder, und bei den Worten: »für die bewährte Untertanentreue«, »und entbinden Euch Eurer Pflichten«, da weinte er noch stärker. Es ist wunderlich anzusehen, wenn so ein alter Mann mit verblichener Uniform und vernarbtem Soldatengesicht plötzlich so stark weint. Während wir lasen, wurde auch das kurfürstliche Wappen vom Rathaus heruntergenommen, alles gestaltete sich so beängstigend öde, es war, als ob man eine Sonnenfinsternis erwarte, die Herren Ratsherren gingen so abgedankt und langsam umher, sogar der allgewaltige Gassenvogt sah aus, als wenn er nichts mehr zu befehlen hätte, und stand da so friedlich-gleichgültig, obgleich der tolle Alouisius sich wieder auf ein Bein stellte und mit närrischer Grimasse die Namen der französischen Generale herschnatterte, während der besoffene, krumme Gumpertz sich in der Gosse herumwälzte und »Ça ira; ça ira!« sang.

Ich aber ging nach Hause und weinte und klagte: »Der Kurfürst lässt sich bedanken.« Meine Mutter hatte ihre liebe Not, ich wusste, was ich wusste, ich ließ mir nichts ausreden, ich ging weinend zu Bett, und in der Nacht träumte mir, die Welt habe ein Ende; die schönen Blumengärten und grünen Wiesen wurden wie Teppiche vom Boden aufgenommen und zusammengerollt, der Gassenvogt stieg auf eine hohe Leiter und nahm die Sonne vom Himmel herab, der Schneider Kilian stand dabei und sprach zu sich selber: »Ich muss nach Hause gehn und mich hübsch anziehn, denn ich bin tot und soll noch heute begraben werden.« – Und es wurde immer dunkler, spärlich schimmerten oben einige Sterne, und auch diese fielen herab wie gelbe Blätter im Herbst, allmählich verschwanden die Menschen, ich armes Kind irrte ängstlich umher, stand endlich vor der Weidenhecke eines wüsten Bauernhofes und sah dort einen Mann, der mit dem Spaten die Erde aufwühlte, und neben ihm ein hässlich hämisches Weib, das etwas wie einen abgeschnittenen Menschenkopf in der Schürze hielt, und das war der Mond, und sie legte ihn ängstlich sorgsam in die offene Grube; hinter mir stand der pfälzische Invalide und schluchzte und buchstabierte: »Der Kurfürst lässt sich bedanken.«

Als ich erwachte, schien die Sonne wieder wie gewöhnlich durch das Fenster, auf der Straße ging die Trommel, und als ich in unsere Wohnstube trat und meinem Vater, der im weißen Pudermantel saß, einen guten Morgen bot, hörte ich, wie der leichtfüßige Friseur ihm während des Frisierens haarklein erzählte, dass heute auf dem Rathaus dem neuen Großherzog Joachim gehuldigt werde, dass dieser von der besten Familie sei, die Schwester des Kaisers Napoleon zur Frau bekommen werde, auch wirklich viel Anstand besitze, sein schönes schwarzes Haar in Locken trage, nächstens seinen Einzug halte und sicher allen Frauenzimmern gefallen müsse. Unterdessen ging des Getrommel draußen auf der Straße immer fort, und ich trat vor die Haustür und besah die einmarschierenden französischen Truppen, das freudige Volk des Ruhmes, das singend und klingend die Welt durchzog, die heiterernsten Grenadiergesichter, die Bärenmützen, die dreifarbigen Kokarden, die blinkenden Bajonette, die Voltigeurs voll Lustigkeit und Point d'honneur, den allmächtig großen, silbergestickten Tambourmajor, der seinen Stock mit dem vergoldeten Knopf bis an die erste Etage werfen konnte und seine Augen sogar bis zur zweiten Etage, wo ebenfalls schöne Mädchen am Fenster saßen. Ich freute mich, dass wir Einquartierung bekämen, meine Mutter freute sich nicht, und ich eilte nach dem Marktplatz. Da sah es jetzt ganz anders aus, es war, als ob die Welt neu angestrichen worden, ein neues Wappen hing am Rathaus, das Eisengeländer an dessen Balkon war mit gestickten Samtdecken überhängt, französische Grenadiere standen Schildwache, die alten Herren Ratsherren hatten neue Gesichter angezogen und trugen ihre Sonntagsröcke und sahen sich an auf französisch und sprachen »Bonjour«; aus allen Fenstern guckten Damen, neugierige Bürgersleute und blanke Soldaten füllten den Platz, und ich nebst andern Knaben, wir kletterten auf das große Kurfürstenpferd und schauten davon herab in das bunte Marktgewimmel.

Der lange Kurz sagte uns, dass heute wegen der Huldigung keine Schule sei. Wir mussten lange warten, bis diese losgelassen wurde. Endlich füllte sich der Balkon des Rathauses mit bunten Herren, Fahnen und Trompeten, und der Herr Bürgermeister, in seinem berühmten roten Rock, hielt eine Rede, die sich etwas in die Länge zog wie Gummielastikum oder wie eine gestrickte Schlafmütze, in die man einen Stein geworfen – nur nicht den Stein der Weisen –, und manche Redensarten konnte ich ganz deutlich vernehmen, z.B. dass man uns glücklich machen wolle – und beim letzten Wort wurden die Trompeten geblasen, die Fahnen geschwenkt, die Trommel gerührt und Vivat gerufen; und während ich selber Vivat rief, hielt ich mich fest an den alten Kurfürsten. Und das tat not, denn mir wurde ordentlich schwindlig, ich glaubte schon, die Leute ständen auf den Köpfen, weil sich die Welt herumgedreht, das Kurfürstenhaupt mit der Allongeperücke nickte und flüsterte: »Halt fest an mir!« – Erst durch das Kanonieren, das jetzt auf dem Wall losging, ernüchterte ich mich und stieg vom Kurfürstenpferd langsam wieder herab.

Als ich nach Hause ging, sah ich wieder, wie der tolle Alouisius auf einem Bein tanzte, während er die Namen der französischen Generale schnarrte, und wie sich der krumme Gumpertz besoffen in der Gosse herumwälzte und »Ça ira, ça ira« brüllte. Zu meiner Mutter sagte ich: »Man will uns glücklich machen, und deshalb ist heute keine Schule.«

ARMIN JUHRE

(* 1925)

Wuppertal

Meinen Sie, Barmen zum Beispiel
sei eine heitere Stadt,
wo man die Botschaft des Engels
immer im Sinne hat?

Meinen Sie etwa, die Wupper
flösse den Berg hinauf?
Sprüche von Zwingli bis Luther
staun im Gedächtnis sich auf.

Meinen sie etwa, der Else,
Elberfelds schwarzer Schwan,
hingen verzückt und ergeben
Schwärme von Liebhabern an?

Bahnhöfe, Oper, Fabriken,
Kaufhof und Heiliger Berg!
Wer schenkt den spröden Propheten
Ohren- und Augenmerk?

Ach, und beschwerlich das Fahren!
Tröstet die Schwebebahn?
Weder in Wochen noch Jahren
Kommt sie in Düsseldorf an.

GEORG WEERTH

(1822–1856)

In einer bergischen Spinnerei

Jeden Morgen, Punkt sechs Uhr, tönt von dem kleinen Turm, der die Spinnerei des Herrn Preiss schmückt, das Läuten jener Glocke, welche den Arbeitern weit und breit das Signal gibt, dass sie ihr Tagewerk zu beginnen haben. Das große Tor, welches nach der Straße führt, wird dann geöffnet, und Weiber, Kinder und Männer, die sich schon einige Augenblicke vorher gesammelt haben, verfügen sich an ihren Posten. Die meisten tragen in irdenen Töpfen ihr kleines Frühstück mit sich, zu dessen Genuss ihnen um neun Uhr einige Minuten freigegeben sind. Um zwölf Uhr macht man Mittag. Die Arbeiter aus der Stadt können dann für eine Stunde nach Hause gehen, um sich zu Tisch zu setzen; die, welche vom Lande kommen und abends erst auf die Dörfer zurückkehren, setzen sich gewöhnlich in den Hof, um ihr Mahl zu verspeisen. Um dreizehn Uhr beginnt die Arbeit aufs neue und dauert fort bis zwanzig Uhr. In gewöhnlichen Zeiten arbeitet man also dreizehn Stunden, ist indes viel zu fabrizieren, so müssen sich die Arbeiter auch dazu bequemen, noch länger auszuhalten.

Wir treten zur Mittagszeit in das Innere des Hofraumes. Auf kleinen Bänken, die an den Seiten der Fabrik angebracht sind, bemerken wir eine Arbeitergruppe neben der andern. Manche haben sich gegenüber auf einige Leitern und Holzstöße gesetzt, einige sogar auf die bloße Erde. Alle Arbeiter, die wir hier sehen, sind am Morgen vom Lande herübergekommen; in Tüchern und Töpfen führten sie ihr Mittagsmahl bei sich, zu dessen Erwärmung ihnen die Seiten des siedenden Dampfkessels die beste Gelegenheit gaben. Jeder hat sich dazu seine Stelle ausgewählt; wenige Augenblicke sind hinreichend, um diesen genügsamen Menschen ein spärliches Mahl schmackhaft und erquicklich zu machen, denn sie bringen ja ihren besten Appetit dazu mit. Wir sehen, wie einer nach dem andern sein Töpfchen von dem Rande des Kessels herunterlangt, wie er es in den Schoß oder zwischen die Knie stellt und mit dem Löffel in seine Suppe fährt, indem er zuerst das Dünne oben abschöpft, um zu guter Letzt auf den substantiellen Teil seines Mahles zu kommen. …

Die armen Leute, welche hier im Hofe speisen, sind vom Lande. Manche werden nur einen Teil des Jahres in der Fabrik beschäftigt und können sich durch abwechselndes Arbeiten im Felde immer wieder von den Strapazen innerhalb der Fabrikmauern erholen. Alle bewegen sich auch mehr in der freien Luft als die Arbeiter der Stadt. Morgens und abends haben sie eine volle halbe Stunde zu gehen, ihr Weg führt durch Wiesen und Gärten, wo sie die frischeste, herrlichste Luft einatmen.

An den Arbeitern der Stadt haben wir den besten Kontrast. Nach und nach treten sie in den Hof – die Mittagsfeierzeit ist bald verstrichen –, schon wirbelt der Dampf aus dem riesigen Schlot, gleich wird die Maschine ihr altes Spiel beginnen. Alles muss zur rechten Zeit wieder an Ort und Stelle sein. Töpfe und

Schüsseln sind schnell beiseite geschafft, die Arbeiter der Stadt mischen sich mit denen vom Lande, und wir erschrecken über den Unterschied, der zwischen beiden ist. Unter den letztern finden sich noch einige frische Gesichter, man sieht, ihr Körper widersteht noch tausend schädlichen Einflüssen, denen die andern längst unterlagen. Je mehr von den Stadtbewohnern hereintreten, desto unheimlicher und stiller wird der ganze Haufen. Bald sehen wir nichts mehr als jene bleichen, elendigen Gestalten, deren Anblick uns schon entsetzte; alle Ecken und Winkel der Stadt, alle schlechten Gassen haben ihre Unglücklichen wiedergegeben, das eigentliche Fabrikproletariat ist wieder beieinander …

MATHIAS SCHREIBER

(* 1943)

Landschaft bei Dormagen

Auf der sauber verputzten Friedhofsmauer
hockt der Mittag und zeigt
einem Grab den Vogel.

Der Himmel wasserblau
Wie die Todesblase
Einer Riesenqualle.

Die Autobahn schwitzt.
Sie macht die Beine breit.

Dazwischen
Verbleites Grün.
Die Sonne fährt hundert.

Hier werden optimistische Hochhäuser gebaut.
Ein Rübenfeld erhängt sich
An der letzten Krüppelbirke.
Empört hebt die Chemie
Den stinkenden Zeigefinger.

Wer von der Stadt aus
In den Erholungspark will,
muss den Friedhof passieren.

HEINRICH BÖLL

(1917–1985)

Im Ruhrgebiet

Die Väter des Ruhrgebiets waren harte Männer: es ging ihnen um Kohle, ging um Stahl, um Geld und Macht, aber sie waren auch – wie alle harten Männer – sentimental; sie machten in »Industrielandschaft«, Pathos und Patriotismus.

Seine Mutter war liebenswürdig und schwach; sie war jung, unerfahren, der Koketterie mit harten Männern nicht abgeneigt; sie hieß: Eisenbahn, ging freudestrahlend den Bund unverbrüchlicher Treue ein; nichts wird heute noch in Deutschland so billig transportiert wie Kohle und Stahl; alte Liebe rostet nun einmal nicht.

Unter Tage planten die Väter nach genauer Überlegung, nach langer Berechnung; gewaltige Intelligenzen wurden in Bewegung gesetzt und wirkten, um Welten zu erschließen und die Erschließung weiterer Welten im voraus zu planen; das Netzwerk der Stollen, Flöze, Schächte und Streben, und auch über der Erde wurde genauestens geplant, wo es um Transport und Produktion ging, der Mensch aber musste sich irgendwie einrichten; wohnen musste er ja, er musste essen, trinken, beten; Läden, Schulen, Kneipen, Kirchen, Krankenhäuser, Apotheken – nichts fehlte ihm, aber hundert Jahre lang ließ man, ohne sich die geringsten Gedanken darüber zu machen, Staub und Ruß auf ihn herabregnen, machte die Landschaft, in der er lebte, zur Büßerlandschaft, ließ Dämpfe auf ihn los, knebelte ihm das Klima, raubte ihm jährlich einen ganzen Monat Sonne; man schuf »Industrielandschaft«, doch dieser Begriff, der so nüchtern klingt, ist nur eine romantische Verbrämung der Tatsache, dass die Industrie hier die Landschaft getötet hat, ohne eine neue zu bilden.

Großstädte entstanden, doch Großstadt ist nur ein quantitativer, ein Verwaltungsbegriff; von *Stadt* haben die Großstädte noch nichts; Stadt ist Landschaft; hier gibt es weder Stadt noch Land, nur riesige, ineinander, aneinandergekoppelte Dörfer mit zwanzigtausend, sechzigtausend oder zweihunderttausend Einwohnern, Dörfer, die noch an der Barbarei ihrer Jugend leiden, die den brutalen Ausbeutungscharakter der Gründerjahre nicht loswerden, manchmal in Anfällen reizender Koketterie das ländliche Dörfchen herauskehren, das sie vor hundert Jahren einmal gewesen sind; viel Grün ist zu sehen: das Gras wächst noch, doch die nicht zu brechende Lebenskraft des Chlorophylls ist kein Beweis für die Menschen- und Naturfreundlichkeit der Industrie. Es gibt ihn noch, unverändert hübsch und echt: den westfälischen Bauernhof, es gibt die Kuh vor dem Förderturm, weidende Schafe, säende, mähende Bauern, Garben und Ackerkrume, aber ... sie wirken als etwas, was sie nicht sind – ... sie wirken ... sentimental und verlogen, sie wirken eher schmerzlich als tröstend, weil sie keine Proportion zur Umgebung haben. Wenn man schon den Fortschritt proklamiert, sollte man an ihn glauben: die Häuser in die Höhe bauen und aus den Äckern Parks machen; was man jetzt an Natur noch sieht, wirkt wie eine Vortäuschung von Natur, wie geplante Idylle, doch wahrscheinlich wären die riesigen Weiden als Parks nützlicher. In manchen Brennpunkten stirbt sogar das Chlorophyll, tragen Bäume keine Frucht mehr, und man zieht es vor, Häuser aufzukaufen, abzureißen, anstatt juristische Komplikationen heraufzubeschwören, die Präzedenz werden könnten.

Es gibt von Menschen bewohnte Räume, auf die jährlich pro Quadratmeter 800 Gramm Dreck herunter regnen. Fast ein Kilo auf eine Fläche, die halb so groß ist wie ein Bett; 800 Gramm pro Quadratmeter, das sind 800 Tonnen pro Quadratkilometer: hier wird die simple Multiplikation zum Mittel der Verdeutlichung. Das Wort Fortschritt bleibt bittere Ironie, solange dem Menschen die Elemente: Erde, Luft und Wasser entzogen oder vergiftet werden; das Trinkwasser ist hygienisch zwar gehütet und gepflegt, ständig unter

Kontrolle, doch Wasser ist mehr als eine möglichst keimfreie Substanz. Nur dem Feuer geschieht hier über der Erde Gerechtigkeit: das Eisen, das aus dem Mischer in den Konverter und weiter in die Kokille fließt, hat eine Temperatur von 1300 bis 1700 Grad; Gase entweichen, gelbe Flammen entströmen, böse Lichter strahlen auf, zehn Minuten von Straßen entfernt, in denen Kinder ihre uralten Spiele spielen. …

Kein Wunder, dass zwischen Dortmund und Duisburg, wo Weiß nur ein Traum ist, die Brieftaube ihre besten Freunde hat: Dieser hübsche zarte Vogel, der Kreise ziehen, in Fernen entfliegen, wieder zurückkehren kann; kein Wunder, dass jedes winzige Gärtchen mit Liebe gepflegt und mit Sorgfalt geschätzt wird: dass der Fußball hier seine echtesten Freunde hat, und dass das Motorfahrzeug ein begehrtes Vehikel ist: Wenn Zeit Geld ist, ist sie es auch, wenn sie Feierabend ist. Die hübschen Nester im Ruhrtal von Werden bis Wetter, die Seen: sie mit den üblichen Verkehrsmitteln zu erreichen, ist qualvoll und nimmt den halben Sonntag in Anspruch; das Motorrad, das Auto erst, sie machen die Flucht aus der Enge, aus der Dunstglocke möglich. Ein Wunder ist, dass in diesem riesigen Dorf mit seinen sechs Millionen Einwohnern auch nach hundert Jahren Industrie der Mensch noch nicht verkümmert ist. Nirgendwo sonst in Deutschland sind die Menschen so nüchtern, herzlich, einfach und schlagfertig. Es scheint so, als ob die Touristenindustrie die Menschen eher verdürbe als Hütte und Grube. Von hier, aus dieser Provinz, stammen die meisten Artisten: Trapez und Piste, Pferdegeruch, rotes Licht, Trommelwirbel beim Balanceakt, wenn das flitterbespannte Mädchen in fünfzehn Meter Höhe übers

Seil tänzelt. Viele Artisten haben den Gelsenkirchener Klang in der Stimme: ein verstädtertes Westfälisch, mit zahlreichen Idiomen eingefärbt, mit Rotwelsch, Jiddisch, Polnisch und Ostpreußisch. Noch sieht man Frauen mit masurischen Kopftüchern in Schalke und Erle, mit Korb und Kind am Arm, wie Bäuerinnen, die vom Markt kommen, zum Markt gehen. Sie sind nüchtern, handfest, wissen im gegebenen Augenblick sogar einen Schlag richtig zu parieren, für den Fall, dass einer mal zudringlich, allzu dreist werden sollte; eine neue Rasse hat sich hier gebildet, die in Tonfall und Umgangsform Gemeinsames hat und alle Vorzüge und Nachteile der Jugend. Frische, mit unbekümmerter, fast kolonialer Barbarei gemischt. Diese Provinz, die Ruhrgebiet heißt, erschließt sich dem Fremden nicht leicht; sie ist der Besichtigung abhold, misstrauisch dem Müßiggänger gegenüber, hat touristische Einrichtungen nur für solche, die hinaus, nicht für die, die herein wollen; Hotels sind knapp, selbst in den Großstädten; für den Business-Talk stehen in entsprechender Entfernung vom Dreck freundliche Hotels zur Verfügung; im Ruhrtal, nahe der Lippe, am Rhein. Nur solche Menschen sind gesucht, willkommen, umworben, die arbeiten wollen; immer noch lockt die Ruhr, immer noch riecht es nach Geld, nach schwer verdientem, leicht ausgegebenem Geld; Söldnergeld, in Dekaden gezahlt, am Gedinge berechnet.

Die Armee der Hütten- und Grubenarbeiter ernährt diese Provinz; ihr zahlenmäßiges Verhältnis zur übrigen Bevölkerung entspricht genau dem Verhältnis der kämpfenden Truppe zum Tross einer Armee: 1 : 10 – einer arbeitet vor Ort, steht am Konverter – die anderen neun kochen für ihn, versorgen ihn, unterhalten ihn, verkaufen ihm Kleider, Bier, Kintopp, unterrichten seine Kinder, drucken seine Zeitungen, lieben ihn – und üben die Macht aus. Die Macht an der Ruhr ist nicht mehr in Namen ausdrückbar: Krupp, Thyssen, Haniel. Macht entsteht heute durch Konzentration verzwickter, undurchsichtiger Verwaltungsgebilde. Hinter unschuldig lächelnden Angestellten wird heute Macht versteckt. Macht, die sich auf die arbeitende Armee unter Tage und in der Hütte stützt. Kohle und Stahl sind Macht.

DIETER HOFFMANN

(* 1934)

An Rhein und Ruhr

Ruhrkohle,
Gelsenkirchener Barock.

Otto Kolonje
macht den Häusern Beine,
alles spielt Fußball.

Das issn starkes Stück,
sagen die redseligen
ältren Blondinen.

Dortmund-Borussia.
Gras im Bier.

Funkemariechen
haben weißes Fleisch.

Die Fernsehtruhe
groß wie ein Kindersarg.

In Zahnarztvillen
lobt man Kröver Nacktarsch.

GUIDO HILDEBRANDT

(erschienen 1984)

moers

verschattet
an der abgewandten seite
statisch das flechtwerk
der stille

wir brauchen
flüsternde äste
als einzigen beweis
und misteln

von der mutmaßung heftig
betraf mich ihr atmen

er schweigt anders

CHRISTIANE GASPER-BINDER

(erschienen 1984)

rees am niederrhein

knaben verleben sich unter der kupfersonne
angewachsenes flügelschlagen
die augen in den mauerfugen rosten
pfahlbauten auf brüchigen händen
tasten nach frühlicht
die lippen von gras gespalten
behutsames orgelspiel
die kapellen wachsen
warum töten
wo sich
das leben
tot-
schweigt

sonntags elf uhr
rosenkranzgesichter
gebärden des stillstands
kühle oasen des himmels in einer pappel
die antwort kommt durch den fluß

ich trete meinen schatten nieder
über die regennassen pflastersteine
froh die augenbrauen gerunzelt atme ich den fluß ein
lehne an der pappel
und weiß, daß ich gehen und kommen kann

im café mit rheinblick
sahnetorte, fleischige kirschleiber in fetzen
an meinem mund
noch immer die brücke gesprengt
die mitte der steine ein luftloch
meine kindischen luftsprünge

was ich verlasse
bleibt gestreichelt zurück
ach diese herrlichen heimatruinen
die ich aus der ferne freundlich und sonnig finden
kann
liebe grüße euch allen
und noch immer
kindervertrauen

HANNS DIETER HÜSCH

(* 1925)

Am Niederrhein

Ja ich weiß schon wo ich zu Hause
Wo meine Seele sich rumtreibt
Wenn ich von Weltstadt zu Weltstadt zieh
Immer im Nacken die Kunst und den Kopf
In tausend Hotels mit Telefon auf dem Klo
Und den Leib in pompösen Betten
Aber in Wahrheit schweb' ich hier zwischen den Bäumen

Über und unter dem Wasser
Als wenn mich zwei Seelen verzaubert hätten

Die Weiden haben hier Gesichter
Kopf und Kragen
In jeder Weide steckt ein toter Dichter
Und wagt nichts mehr zu sagen

Graugänse kommen jedes Jahr
Und suchen hier das Glück
Dann fliegen sie mit Haut und Haar
Bis nach Sibirien zurück

Den Kühen sagt das nicht sehr viel
Für sie ist nichts erregend
Mal Holzschuhtanz mal Trauerspiel
Sie kennen diese Gegend
Kleve heißt für mich
Der Schwan
Meines Vaters Lieblingsoper
Lohengrin und Josef Beuys
Kranenburg
Ein schöner Name
Kranenburg heißt
Kranichborough
Wäre Shakespeare hier gewesen
Hätte er bei van der Grintens
Ganz bestimmt gewohnt

JOHANN PETER HEBEL

(1760–1826)

Kannitverstan

Der Mensch hat wohl täglich Gelegenheit, in Emmendingen oder Gundelfingen so gut als in Amsterdam Betrachtungen über den Unbestand aller irdischen Dinge anzustellen, wenn er will, und zufrieden zu werden mit seinem Schicksal, wenn auch nicht viel gebratene Tauben für ihn in der Luft herumfliegen. Aber auf dem seltsamsten Umweg kam ein deutscher Handwerksbursche in Amsterdam durch den Irrtum zur Wahrheit und ihrer Erkenntnis. Denn als er in diese große und reiche Handelsstadt voll prächtiger Häuser, wogender Schiffe und geschäftiger Menschen gekommen war, fiel ihm sogleich ein großes und schönes Haus in die Augen, wie er auf seiner ganzen Wanderschaft von Tuttlingen bis nach Amsterdam noch keines erlebt hatte. Lange betrachtete er mit Verwunderung dies kostbare Gebäude, die sechs Kamine auf dem Dach, die schönen Gesimse und die hohen Fenster, größer als an des Vaters Haus daheim die Tür. Endlich konnte er sich nicht entbrechen, einen Vorübergehenden anzureden. »Guter Freund«, redete er ihn an, »könnt Ihr mir nicht sagen, wie der Herr heißt, dem dieses wunderschöne Haus gehört mit den Fenstern voll Tulipanen, Sternenblumen und Levkojen?« – Der Mann aber, der vermutlich etwas Wichtigeres zu tun hatte und zum Unglück gerade so viel von der deutschen Sprache verstand als der Fragende von der holländischen, nämlich nichts, sagte kurz und schnauzig: »Kannitverstan«, und schnurrte vorüber. Dies war ein holländisches Wort, oder drei, wenn man's recht betrachtet, und heißt auf deutsch soviel als: »Ich kann Euch nicht verstehen.« Aber der gute Fremdling glaubte, es sei der Name des Mannes, nach dem er gefragt hatte. Das muss ein grundreicher Mann sein, der Herr Kannitverstan, dachte er und ging weiter. Gass' aus, Gass' ein kam er endlich an den Meerbusen, der da heißt »Het Ey« oder auf deutsch: Das Ypsilon. Da stand nun Schiff an Schiff und Mastbaum an Mastbaum, und er wusste anfänglich nicht, wie er es mit seinen zwei einzigen Augen durchfechten werde, alle diese Merkwürdigkeiten genug zu sehen und zu betrachten, bis endlich ein großes Schiff seine Aufmerksamkeit an sich zog, das vor kurzem aus Ostindien angelangt war und jetzt eben ausgeladen wurde. Schon standen ganze Reihen von Kisten und Ballen auf- und nebeneinander am Lande. Noch immer wurden mehrere herausgewälzt, und Fässer voll Zucker und Kaffee, voll Reis und Pfeffer und Salveni Mausdreck darunter. Als er aber lange zugesehen hatte, fragte er endlich einen, der eben eine Kiste auf der Achsel heraustrug, wie der glückliche Mann heiße, dem das Meer all diese Waren an das Land bringe. »Kannitverstan«, war die Antwort. Da dachte er: Haha, schaut's da heraus? Kein Wunder, wem das Meer solche Reichtümer an das Land schwemmt, der hat gut solche Häuser in die Welt stellen und solcherlei Tulipanen vor die Fenster in vergoldeten Scherben. Jetzt ging er wieder zurück und stellte eine recht traurige Betrachtung bei sich selbst an, was er für ein armer

Mensch sei unter so viel reichen Leuten in der Welt. Aber als er eben dachte: wenn ich's doch nur auch einmal so gut bekäme, wie dieser Herr Kannitverstan es hat, kam er um eine Ecke und erblickte einen großen Leichenzug. Vier schwarzvermummte Pferde zogen einen ebenfalls schwarzüberzogenen Leichenwagen langsam und traurig, als ob sie wüssten, dass sie einen Toten in seine Ruhe führten. Ein langer Zug von Freunden und Bekannten des Verstorbenen folgte nach, Paar und Paar, verhüllt in schwarze Mäntel und stumm. In der Ferne läutete ein einsames Glöcklein. Jetzt ergriff unsern Fremdling ein wehmütiges Gefühl, das an keinem guten Menschen vorübergeht, wenn er eine Leiche sieht, und blieb mit dem Hut in den Händen andächtig stehen, bis alles vorüber war. Doch machte er sich an den Letzten vom Zug, der eben in der Stille ausrechnete, was er an seiner Baumwolle gewinnen könnte, wenn der Zentner um zehn Gulden aufschlage, ergriff ihn sachte am Mantel und bat ihn treuherzig um Exküse. »Das muss wohl ein guter Freund von Euch gewesen sein«, sagte er, »dem das Glöcklein läutet, dass Ihr so betrübt und nachdenklich mitgeht.« – »Kannitverstan!« war die Antwort. Da fielen unserm guten Tuttlinger ein paar große Tränen aus den Augen, und es ward ihm auf einmal so schwer und wieder leicht ums Herz. »Armer Kannitverstan«, rief er aus, »was hast du nun von allem deinem Reichtum? Was ich einst von meiner Armut auch bekomme: ein Totenkleid und ein Leintuch, und von allen deinen schönen Blumen vielleicht einen Rosmarin auf die kalte Brust oder eine Raute.« Mit diesen Gedanken begleitete er die Leiche, als wenn er dazugehörte, bis ans Grab, sah den vermeinten Herrn Kannitverstan hinabsenken in seine Ruhestätte und ward von der holländischen Leichenpredigt, von der er kein Wort verstand, mehr gerührt als von mancher deutschen, auf die er nicht achtgab. Endlich ging er leichten Herzens mit den anderen wieder fort, verzehrte in einer Herberge, wo man Deutsch verstand, mit gutem Appetit ein Stück Limburger Käse, und wenn es ihm wieder einmal schwer fallen wollte, dass so viele Leute in der Welt so reich seien und er so arm, so dachte er nur an den Herrn Kannitverstan in Amsterdam, an sein großes Haus, an sein reiches Schiff und an sein enges Grab.

HARRY MULISCH

(* 1927)

Rücken an Rücken

Die Nachbarländer, Belgien, Frankreich und Deutschland, blicken auf den europäischen Kontinent und wenden dem Meer den Rücken zu, Holland aber blickt in Richtung Meer und wendet Europa den Rücken zu. Das bedeutet, dass Holland auch dem östlichen Teil der Niederlande den Rücken zuwendet, woraus sich nicht wenige Spannungen ergeben. Als im Jahr 1939 ein deutscher Angriff drohte, wurden alle Vorbereitungen getroffen, um die Flussdeiche zu durchstechen und auf diese Weise die östlichen Niederlande zu fluten, so dass Holland zu einer uneinnehmbaren Insel geworden wäre. Im Bewusstsein der Holländer ist Amerika weniger weit entfernt als Deutschland. Holland und Deutschland stehen dicht beieinander, aber Rükken an Rücken.

ROGER MANDERSCHEID

(* 1933)

1942

gegenüber
vom *steckelter moor*
im *judenpark*
liefen einmal
frühmorgens
keine rinder mehr
sondern
deutsche soldaten
sie hatten keine
hörner am kopf
sondern
dichtes
laubwerk
auf dem helm
die schwarz-weissen rinder
frassen
tagelang
ruhig

gras
die soldaten
waren schwarz im gesicht
rannten hin und her
sprangen
und schrien dazu
wie
die
wilden

am ende
wurden auch sie
geschlachtet

Schwer zu sagen
Editorial

Grenzen

Das Rheinland gehört zu den ältesten Regionen Europas. Schriftstellerinnen und Schriftsteller aus den verschiedensten Ländern haben im Rheinland gelebt und über das Rheinland geschrieben. Und trotzdem stellt sich die Frage, ob dieses Land überhaupt existiert. Denn andere Länder verfügen über fest umrissene Grenzen, während das Rheinland keine klaren Konturen besitzt. Wenn wir andere Länder besuchen, begegnen wir einer bestimmten Kultur. Im Rheinland stoßen wir auf kulturelle Unterschiede. Die meisten Länder besitzen eine gemeinsame Sprache. Aber die Dialekte, die in Köln oder Koblenz, im Norden oder im Süden unseres Landes gesprochen werden, weichen oft stark voneinander ab. Kann man das Moselfränkische guten Gewissens als eine rheinische Mundart bezeichnen? Oder die pfälzische Mundart, die man vielleicht in Speyer erwartet, die aber manchmal auch in der Nähe von Moers zu hören ist? Oder das Platt in der Gegend von Geldern – ein schwieriger, heute schon fast vergessener Dialekt, den die Sprachwissenschaftler im Amt für rheinische Landeskunde für eine Abart des Niederländischen halten? Handelt es sich um verschiedene Formen einer gemeinsamen Sprache, die man als Rheinisch bezeichnen kann? Oder haben sie sich aus unterschiedlichen Wurzeln entwickelt? Gewiss – auch in Kärnten sprechen die Leute verschiedene Sprachen – aber sie würden sich immer als

Kärntner bezeichnen. Den Rheinländern fehlt dieses Wir-Gefühl. Ein Bonner würde noch einräumen, dass er Rheinländer ist – aber ein Trierer betrachtet sich eher als jemand, der an der Mosel zu Hause ist. Die Menschen im Rheinland empfinden sich nicht als Bewohner ein und derselben Region. Uns fehlt die gemeinsame Basis, die in anderen Ländern besteht.

Ich will nicht bestreiten, dass es das Rheinland gibt. Nur – wo liegt dieses Land? In der Umgebung von Bonn oder Köln? Wenn wir über das Rheinland sprechen – den rheinischen Karneval beispielsweise oder die rheinische Mentalität – denkt man spontan an die Dommetropole. Natürlich ist Köln eine rheinische Stadt. Aber wie steht es mit Aachen? Oder mit Xanten und Neuss, Jülich und Düren – ganz zu schweigen von Städten wie Düsseldorf, Trier oder Koblenz, Bingen, Simmern und Gummersbach? Liegen sie nicht ebenfalls im Rheinland?

Leser aus anderen Ländern wird diese Unsicherheit überraschen. Das Rheinland liegt doch am Rhein – oder nicht? Mag sein. Doch um von Trier aus den Rhein zu erreichen, braucht man im Auto mindestens eine Stunde. Und am Rhein – einer Wasserstraße, die Europa verbindet – liegen auch andere Länder, die mit dem Rheinland wenig gemeinsam haben. Der Rhein entspringt in Graubünden, einem Kanton in der Schweiz, und bildet eine Art Grenze zwischen Vorarlberg und Sankt Gallen, dem Elsass, der Pfalz und Baden. Er trennt das Bundesland Hessen von Mainz, Rheinhessen und Rheinland-Pfalz (die Loreley liegt streng genommen nicht im Rheinland). Bei Emmerich, zweihundert Kilometer weiter im Norden, ergießt er sich in die Niederlande, verteilt sich im Gelderland auf verschiedene Arme, berührt als der Oude Rijn Städte wie Utrecht und Leiden, endet in Holland und mündet dort in die Nordsee. All diese anderen Länder verfügen über fest umrissene Grenzen. Wenn man sie abzieht, ergibt sich ein Rest – die Strecke zwischen Emmerich und Bingen. Ist hier vielleicht eine Antwort zu finden? Stellt diese Restmenge zwischen der Pfalz und Rheinhessen, Luxemburg, Belgien und den Niederlanden das Rheinland dar? Die Antwort kann niemanden ernsthaft zufrieden stellen. Denn sie lässt offen, was wirklich zwischen dem Rhein, der Our und der Rur (oder Roer), der Maas und der Nahe liegt – verschiedene Länder oder ein einzelnes Land.

Ein Artefakt

Die Landkarte scheint eine einfache Lösung zu bieten. Das Rheinland zerfällt in den »Nordrhein«, den westlichen Teil des Bindestrich-Landes Nordrhein-Westfalen – eine Region, die den Norden der Eifel, die Jülicher Börde, den Niederrhein, Teile des Ruhrgebiets und das Bergische Land umfasst – und den »Südrhein«, die nördliche Hälfte des Bindestrich-Landes Rheinland-Pfalz. Der Südrhein besteht aus den beiden Regierungsbezirken Koblenz und Trier mit dem Hunsrück, dem Süden der Eifel und dem Weinbaugebiet an der Mosel. Südrhein und Nordrhein bilden gemeinsam die Überreste der früheren Rheinprovinz. Die Rheinprovinz wurde bei Ende des Krieges, das heißt vor gut einem halben Jahrhundert, in den britisch besetzten Norden und den französisch verwalteten Süden geteilt. Ihre »Wiedervereinigung«

wäre nach beinahe sechzig Jahren schwierig (eigentlich hatte man sie für den Fall einer deutschen »Wiedervereinigung« ins Auge gefasst). Die kulturelle Entwicklung ist hüben wie drüben weitergegangen. Die alten und neu entstandenen Regionen im Norden und Süden führen ihr eigenes Leben und verfolgen unterschiedliche Interessen. Und würde das Rheinland »wiedervereinigt«, wären auch andere Grenzen anders zu ziehen. Die politischen Mehrheitsverhältnisse würden sich ändern. Landesregierungen würden verschwinden. Landtage würden aufgelöst. Gut tausend Politiker würden ihre Diäten verlieren – ganz zu schweigen von zahllosen Angestellten oder Beamten, die in Mainz oder Düsseldorf sichere Arbeitsplätze gefunden haben. Nur gut, dass die Rheinländer ihre bereits erwähnte »rheinische Mentalität« besitzen – eine Mentalität, die Extreme verabscheut, Konflikte vermeidet und vor krassen oder gar schnellen Veränderungen zurückschreckt. Außerdem stellt auch die Rheinprovinz nur eine Episode in der Geschichte unseres Landes – oder unserer Länder – dar. Wahrscheinlich werden wir auch in Zukunft von verschiedenen »Rheinländern« sprechen müssen.

Wenn wir das Rheinland mit der verschwundenen Rheinprovinz in Zusammenhang bringen, stellen sich neue Fragen, die alle bisher genannten Zweifel weiter verstärken. Ist unser Land überhaupt als gewachsenes Territorium anzusehen? Oder handelt es sich um ein bloßes Konstrukt – ein überlebtes Gebilde, das mit dem preußischen Staat von den Karten Europas verschwunden ist?. Wer mit der neueren deutschen Geschichte vertraut ist, wird diese Zweifel verstehen. Die Rheinprovinz – war sie nicht immer nur ein politischer Kompromiss, eine Verlegenheitslösung, auf die sich die Siegermächte im Wiener Kongress geeinigt hatten? Man kann die Frage bejahen – mit allen Implikationen, die in der Antwort enthalten sind. Aber – auch das kann niemand bestreiten – Verlegenheitslösungen haben im Rheinland eine lange Geschichte.

Unterschiede

Als man vor mehr als einem Jahrtausend das Frankenreich teilte, hob man das Herzogtum Niederlothringen aus der Taufe – ein heterogenes Gebilde ohne starke Zentralgewalt – und schlug es zum neu gegründeten östlichen Reich. Im Lauf der Geschichte zerfiel es in eine Vielzahl unabhängiger Staaten, die ihre eigenen Interessen verfolgten und oft in Konflikt miteinander gerieten: Luxemburg, Hennegau, Limburg oder Brabant, Jülich, Kleve und Berg, die geistlichen Staaten, freie Städte wie Köln oder Aachen und eine Reihe kleinerer Länder, die jahrhundertelang überlebten, bis das Heilige Römische Reich in den Wirren der Napoleonischen Kriege unterging. In all diesen kleinen und großen Gebieten zwischen dem Rhein, der Maas und der Schelde haben sich unterschiedliche Traditionen entwickelt. In einigen sprach man Flämisch oder Wallonisch und in anderen Deutsch, in einigen siegte die Reformation, und in anderen überlebte der Katholizismus, manchen gelang es, unabhängig zu bleiben, und andere wurden zu Herrschaftsgebieten großer europäischer Mächte. Burgund und die Niederlande, Bayern und Spanien, Frankreich und Österreich haben das Rheinland geprägt. Die kulturellen und sprachlichen Grenzen bestehen fort. Bitburg und Prüm, Geldern, Jülich und Aachen haben ihre Besonderheiten bis heute bewahrt.

Verbindungen

Das Rheinland ist ein zersplittertes Land, in dem es zahllose Grenzen gibt. Die Grenze, die Nordrhein-Westfalen und Rheinland-Pfalz voneinander trennt (oder sollte man sagen, miteinander verbindet?), entspricht einer Vielzahl älterer Grenzen, die in den Köpfen lebendig geblieben sind. Aber es gibt auch gewachsene Traditionen, die diesseits und jenseits der Grenzen eine wichtige Rolle spielen. Die keltischen und lateinischen Wurzeln bestimmen noch immer das Lebensgefühl. Wie in Italien oder Spanien spielt die Marienverehrung auch im katholischen Rheinland eine wichtige Rolle. Die enge Verwandtschaft, die uns mit unseren luxemburgischen, belgischen oder niederländischen Nachbarn verbindet, bietet einzigartige Chancen, wie sie in anderen Ländern nicht bestehen. Sie führt aber auch zu Verwicklungen und Konflikten, die ein Außenstehender kaum überblickt, geschweige denn zu verstehen vermag. Der französische Einfluss hat auf die Sprache gewirkt und das Denken verändert. Die enge Verbindung mit unseren westlichen Nachbarn, vor allem mit Frankreich, hat eine lange Geschichte, die vielleicht mit den römischen Ursprüngen unseres Landes zusammenhängt. Für die rheinische Wirtschaft spielt sie auch heute noch eine wichtige Rolle. Denn die wichtigsten Handelsverbindungen haben schon immer vom Rhein in den Westen geführt. Das gilt nicht nur für die Kelten, die Römer oder die Franken, die jahrhundertelang den Westen Europas beherrschten, sondern auch für die Juden, die mit den Römern nach Untergermanien kamen, die französischen Hugenotten, die hier vor dreihundert Jahren ein neues Zuhause fanden, und die modernen Konzerne, die ihre Erzeugnisse über den Rhein nach Rotterdam exportieren. Die rheinischen Unternehmer haben dem Handel mit England oder mit Frankreich oft einen höheren Stellenwert beigemessen als der politischen (oder nur rechtlichen) Bindung an Deutschland und den Beziehungen mit dem Osten. Die rheinischen Fürsten, allen voran die Wittelsbacher, haben sich häufig gegen den Kaiser gestellt, während sie die französische Politik unterstützten. Das Reich und die Preußen hat man bei uns nicht besonders geschätzt. Während sich zahllose Sagen um die Soldaten Napoleons ranken, erzählt man über die Preußen lediglich Witze. »Was bin ich schuldig?« fragt ein preußischer Offizier in Köln einen Kutscher, als er die Droschke verlässt. »Wie soull ich dat wesse?« entgegnet der Kutscher. »Ich krich fönf Jrosche.« Seriöse Historiker sind der Ansicht, dass auch ein Bundeskanzler wie Adenauer der politischen Tradition seiner Heimat verhaftet war. Der frühere Bürgermeister von Köln – von dem man behauptet, dass er während der Zwanzigerjahre mit den rheinischen Separatisten sympathisierte – hat nach Sebastian Haffner immer westdeutsch gedacht. Er sorgte für eine enge Verbindung der »Bundesrepublik Deutschland« mit den Westalliierten, namentlich Frankreich, ohne den Ausgleich mit Polen oder der Sowjetunion zu suchen. Mit dem Gedanken der »Wiedervereinigung« und der Idee eines neuen »gesamtdeutschen« Staates (in den Grenzen von 1937) hat er zwar manchmal taktiert – aber in seinem politischen Handeln besaß die »Wiedervereinigung« keine besondere Priorität. Das verbindet den konservativen Politiker mit dem Schriftsteller Heinrich Böll, der noch in seinen späten Romanen mit der Idee einer »Rheinischen Republik« kokettiert. Seit dem Beitritt der ostdeutschen Bundesländer (es widerstrebt mir noch immer, den Anschluss der DDR als »Wiedervereinigung« zu bezeichnen) haben Begriffe wie »westdeutsch« und »ostdeutsch« ihren früheren Sinn verloren. Wir können die Rheinländer als die letzten (die »neuen« oder vielleicht sogar »wirklichen«) »Westdeutschen« definieren. Das Rheinland liegt nicht im Norden oder im Süden sondern im Westen des neuen »gesamtdeutschen« Staates. Und während die rheinische Ostgrenze – auch im Bewusstsein der Rheinländer – weiterhin keine klaren Konturen besitzt – sie liegt irgendwo auf der »anderen Seite« – bildet der Rhein eine Grenze, die seit Julius Cäsar besteht.

Gemeinsamkeiten

Das Fehlen der äußeren und eine Vielzahl von inneren Grenzen gehören in meinen Augen zu den besonderen Kennzeichen unseres Landes und seiner Bevölkerung. Vielleicht hat sogar die Zersplitterung – das Nebeneinander und manchmal auch Mit- oder Gegeneinander – einen Charakterzug ausgebildet, den ich als einen Vorzug betrachten möchte – einen deutlichen Hang zum Regionalismus, ein tief verwurzeltes Misstrauen gegenüber dem Zentralismus (wie ihn Preußen verkörpert hat) und die Fähigkeit, an den Rändern, weitab von den großen politischen oder geistigen Zentren, ein eigenständiges, wenn auch unbeachtetes Leben zu führen. Doch was wir als Rand definieren, stellt bei genauer Betrachtung eine Schnittfläche dar – ein Land, in dem sich verschiedene Länder berühren und oft miteinander verschmelzen. Seine Bewohner sind nicht auf einen bestimmten Bereich fixiert. Sie leben mit Menschen auf beiden Seiten der Grenze zusammen. Und manchmal können sich Randgebiete zu Kerngebieten entwickeln. Am Rhein ist das mehrmals geschehen – im dritten Jahrhundert, unter den Karolingern und in den vierzig Jahren zwischen der »Wende« und dem Ende des letzten Krieges.

Wir wissen natürlich, dass jede Stärke mit einer Schwäche verbunden ist. Was wir als Regionalismus bezeichnen, kann auch zum Provinzialismus mutieren. Dass Rheinländer Fremde offen oder gar freundlich willkommen heißen, halte ich für ein Klischee. Wer an den Rändern lebt, muss sich behaupten und schottet sich gerne ab. Sätze wie »Wat be os passiert, jeht keenem jet aan« oder »Der ka se eeje Leed net schwije« sind zu geflügelten Wörtern geworden. Vielleicht, dass die Fremden schon länger zu einem Bestandteil unseres Lebens geworden sind als in anderen Teilen Europas. Vielleicht, dass wir deshalb bemüht sind, höflich mit ihnen umzugehen. Wir lassen sie unter uns leben – aber wir nehmen sie nicht bei uns auf. Mit Leuten, »di net va he sen« – um nur ein Beispiel zu nennen – sprechen wir »hochdeutsch«, und untereinander sprechen wir »Platt« – was immer das heißt. Die anderen leben neben uns her. Einige mögen uns nicht. Andere finden uns schwierig. Die Preußen haben versucht, den Rheinländern ihre Ordnungsprinzipien aufzuzwingen. Aber sie haben feststellen müssen, dass wir uns nicht »auf Vordermann bringen« lassen. Wir nicken und hören zu, nur, um dann doch zu tun, was wir wollen. Der passive Widerstand – gegen die christlichen Missionare, die Fürsten aus anderen Ländern, die Franken, die Spanier oder die Österreicher, die Inquisition und die Preußen, die Restauration, die Besatzung oder die Nazis – hat sich im Lauf der Jahrhunderte zu einem Bestandteil unseres Wesens entwickelt. Ein Außenstehender findet es schwierig, von einem Rheinländer klare Antworten zu erhalten – oder gar eine Vereinbarung mit ihm zu treffen, auf die er sich wirklich verlassen kann. Und manchmal sind wir flexibel, wo wir eigentlich Stellung beziehen müssten. Man kann uns vielleicht nicht brechen, aber man kann uns verbiegen. Wir haben Parteiausweise besessen, Hexen gefoltert und Andersgläubige denunziert. Und während die Mächtigen ihre Greueltaten verübten, haben wir unseren Kopf eingezogen. »Do kamme neks maache« – heute hat dieser Satz einen seltsamen Beigeschmack. Ich finde uns nicht tolerant. Wir ignorieren viel eher, was um uns herum geschieht – vor allem, wenn es uns selber in Schwierigkeiten verwickeln könnte. Friedrich von Spee, ein rheinischer Jesuit, ist öffentlich gegen die Hexenprozesse aufgetreten. Dass dieser Geistliche – ein bedeutender Dichter und ein brillanter Jurist – aus meiner engeren Heimat stammte, erfüllt mich noch immer mit großem Stolz. Aber ich weiß auch, dass er nicht typisch für unsere Gegend ist. Denn immerhin haben die Hexenjäger im Rheinland sensationelle Quoten erzielt. Und die rheinischen Juden – im neunzehnten Jahrhundert eine große, blühende Gemeinde – sind aus unserem Land verschwunden. Auch ein Ausdruck unserer Mentalität. Vor Konfrontationen schrecken wir eher zurück.

Eine Landschaft, der die Extreme fehlen

Das Rheinland – ein lose verbundenes Land – und eine Landschaft, die ihre eigenen Reize besitzt. Der Golfstrom sorgt für ein ausgeglichenes Klima. Sicher – zu Allerheiligen, Weihnachten oder Karneval friert es zuweilen. Aber verglichen mit anderen Ländern stellen richtige Winter – Winter mit Eis oder Schnee – eher die Ausnahme dar. Im Winter 1944-45 – während der Kämpfe im Hürtgenwald – hat es lange gefroren. Die älteren Leute erinnern sich immer noch an die eisigen Wege, auf denen zerlumpte Soldaten amerikanischen Bomben zum Opfer fielen. Damals »wor et kalt«. Doch in »normalen« Wintern regnet es lediglich stärker als während der wärmeren Jahreszeit – und es hat auch Sommer gegeben, in denen es wochenlang ununterbrochen gegossen hat. In der Erinnerung an meine Kindheit kommen noch Bilder von blühenden Bäumen und Bittprozessionen bei sonnigem Wetter vor – aber allmählich verblassen auch diese Reminiszenzen. Denn in den letzten Jahren gab es immer nur wenige Wochen, und manchmal sogar nur einzelne Tage, an denen die Sonne von einem blassen, diesigen Himmel schien.

Das feuchte, aber auch milde Klima sorgt für eine geradezu prachtvolle Vegetation – duftende Rosenhecken, Hänge, auf denen im Frühjahr der Ginster blüht, erlesene Weine – die rheinischen Lagen, Ahr oder Nahe, Rhein oder Mosel, genießen weltweit einen phantastischen Ruf – fruchtbare Böden, auf denen Zucker und Weizen, Obst und Gemüse wachsen, und Wälder, in denen die Laubbäume dominieren – Buchen und Eichen, Weiden, Erlen und Pappeln. Im Frühjahr blühen die Buschwindröschen oder das Scharbockskraut, und im Spätsommer kann man bei Hellenthal oder in Nettersheim Brombeeren ernten. Es handelt sich um eine Landschaft, die – wie das Klima – keine Extreme zu bieten hat. Die höchsten Erhebungen – die Hohe Acht und der Erbeskopf – erreichen gerade einmal 747 beziehungsweise 814 Meter. Tief eingeschnittene Täler, in denen es grünt und blüht, verstecken sich unter langgezogenen, abgerundeten Rücken, auf denen nur wenig wächst. Im Südosten der Eifel gibt es Vulkane, die seit Millionen von Jahren erloschen sind. Im Westen erhebt sich diesseits und jenseits der belgischen Grenze das Hohe Venn, ein einsames Hochmoor, in dem man um Ostern wilde Narzissen bewundern kann. Im Norden stößt die Eifel an die »Kornkammer des Heiligen Römischen Reiches«, ein fruchtbares aber auch flaches Tiefland, in dem man »at am Mondach sen kann, wer am Sounndach zom Esse kütt«. Die waldigen Höhen des Bergischen Landes auf der »anderen Seite« gehören sicherlich zu den schönsten, aber auch wenig bekannten Gegenden meiner Heimat. Und dem Hunsrück im Süden unseres Landes verleiht seine Armut einen besonderen Reiz. Zu den prägenden Elementen dieser so sanften, ausgeglichenen Landschaft gehört der Wind – ein Wind, der häufig von Westen weht und manchmal – vor allem während des Äquinoktiums – Spitzen von hundert Stundenkilometern erreichen kann.

Die Menschen und ihre Geschichte

In dieser Landschaft haben seit nahezu dreißig Jahrtausenden Menschen gelebt. Die Mammutjäger und die Bauern des Neolithikums haben zahlreiche Spuren hinterlassen. Die Kelten, die Römer und später die Franken haben Städte gegründet, Tempel errichtet und Kirchen gebaut. Das Rheinland verfügt über eine reiche Geschichte, die man als einen Spiegel der europäischen Geistesgeschichte betrachten kann. Frühe römische Dichter, Mystiker wie Hildegard von Bingen oder Meister Eckehart, Erzähler wie Caesarius von Heisterbach und die Brüder Grimm, Philosophen wie Albertus Magnus, Erasmus von Rotterdam und Karl Marx, Politiker wie Georg Forster oder August Bebel, Reformer wie Adolf Kolping und zahllose Dichter haben am Rhein gelebt und geschrieben. Den Rhein und die Rheinromantik haben unsere Nachbarn entdeckt – Lord Byron und Lady Shelley, Apollinaire und Victor Hugo. Die Romantik betrachtet den Rhein als Metapher menschlicher Existenz, die deutschen Romantiker – Autoren, die übrigens nicht aus dem Rheinland stammten – haben in ihm ein Symbol ihrer nationalen Träume gesehen, moderne und zeitgenössische Dichter finden am Rhein und im Rheinland Beispiele für die Grenzen menschlichen Handelns und die Grundwidersprüche menschlicher Existenz. Was sie über das Rheinland schreiben, ergibt einen Reiseführer eigener Art. Entsprechend haben wir unsere Anthologie gegliedert. Wir zeigen Ihnen die Landschaft und ihre Geographie, die Menschen mit ihrer Geschichte, die vielen verschiedenen Regionen und ihre Kultur.

Aber auch die Autoren, die wir in diesem Band zitieren, zeigen uns eine Landschaft, die seit langem verschwunden ist. Zu Lebzeiten Hildegards – um nur ein einziges Beispiel zu nennen – konnte man Rheinwasser trinken. »Hök kaste höchstens noch Fotos em Rheng entwickele«, sagt man Köln. Das Rheinland – Nordrhein und Südrhein – gehört zu den Ballungszentren Europas. Zehn Millionen Menschen drängen sich auf einer Fläche, die einem Drittel Bayerns entspricht. Die Städte dehnen sich aus, die Siedlungen wachsen zusammen, die Dörfer sind längst zu Wohnaggregaten oder touristischen Zentren degeneriert, Autobahnen zerschneiden die Landschaft, ausgedehnte Fabriken, riesige Häfen, Freizeit- und Naherholungsgebiete verändern ihren Charakter. Im Norden baggert der Braunkohlebergbau sechstausend Jahre Geschichte ab. Das Rheinland, von dem die Autoren unserer Anthologie berichten, versteckt sich in abgelegenen Reservaten. Um es zu finden, benötigen Sie eine gute Karte.

Aber Sie reisen ja nicht nur in eine Landschaft, die sich im Wandel befindet. Wenn Sie ins Rheinland kommen, begegnen Sie immer noch Menschen, wie sie in unserem Reiseführer beschrieben werden – Menschen, die sich in einigen Punkten von anderen Menschen unterscheiden und mit fast allen Menschen vieles gemeinsam haben. Sicher – auch die Bevölkerung hat sich geändert. Köln, die rheinische Metropole, kann sich mit Recht als Weltstadt bezeichnen. Türken und Griechen, Belgier, Serben, Kroaten, Slowenen und Italiener, Franzosen und Spanier, Inder und Araber suchen und finden in dieser und anderen Städten ein neues Zuhause. Der Zustrom aus anderen Ländern entspricht einer alten, rheinischen Tradition. Aber er führt auch zu neuen Konflikten, deren Bewältigung noch in den Sternen steht. Die Menschen, die hier oft dicht miteinander zusammengedrängt nebeneinander leben, haben – mit all ihren Stärken und ihren Schwächen – viel von ihrem Charakter behalten. Vielleicht sind sie anders. Aber es lohnt sich, mit ihnen umzugehen. Denn was wir im Rheinland erleben, ist ein Prozess, der sich heute überall in Europa vollzieht – und die Menschen, denen wir hier – an den Ufern einer gewaltigen europäischen Wasserstraße – begegnen, halten uns einen Spiegel vor – einen Spiegel, der uns die hellen und dunkleren Seiten unseres eigenen Wesens zeigt. Allerdings – um sie kennen zu lernen, brauchen Sie viel Geduld. Vielleicht, dass Ihnen dieses Buch als Hilfe dienen kann.

QUELLENVERZEICHNIS

Stefan Andres (1906–1970), *Magie.* Aus: Der Knabe im Brunnen, Piper, München 1999, S. 7–11, 36–42. (c) Piper Verlag GmbH, München 1975.

Guillaume Apollinaire (1880–1918), *Rheinische Nacht. Die Frauen.* In: Poetische Werke – Oeuvres Poétiques, Übersetzung: Gerd Henniger, Johannes Hübner, Lothar Klümer. Luchterhand, Neuwied–Berlin 1969, S. 156–157, 170–173.

Ernst Moritz Arndt (1769–1860), *Wanderung an die Ahrquelle.* Aus: Diethard H. Klein (Hrsg.), Rheinisches Hausbuch. Rombach, Freiburg i. B. 1982, S. 229–234.

Decimus Magnus Ausonius (geb. um 310), *Die Mosel.* Aus: Mosella. In: Jahrbücher des Vereins von Altertumsfreunden im Rheinland, Heft 7, Bonn 1845.

Konrad Beikircher (geb. 1945), *Konjunktiv – Die rheinische Lebensform.* In: Himmel und Äad. Bouvier, Bonn 1994, S. 73–74. Beikirchner hat das Kapitel über den Konjunktiv in dem Buch »Et kütt wie't Kütt – Das rheinische Grundgesetz« veröffentlicht. (c) Kiepenheuer und Witsch, Köln.

Wolf Biermann (geb. 1936), *Ballade von Leipzig nach Köln.* Aus: Alle Lieder. (c) 1991 by Kiepenheuer und Witsch Köln.

Heinrich Böll (1917–1985), *Undines gewaltiger Vater. Kumpel mit dem langen Haar.* Aus: Heinrich Böll. Erzählungen (c) 1994 by Verlag Kiepenheuer & Witsch Köln. *Was ist kölnisch?. Im Ruhrgebiet.* Aus: Heinrich Böll. Essayistische Schriften und Reden. Bd. 1 (c) 1979 by Verlag Kiepenheuer & Witsch Köln.

Clemens Brentano (1778–1842), *Lore Lay.* In: Dietrich Bode (Hrsg.), Deutsche Gedichte. Reclam, Stuttgart 1998, S. 151–154.

George Gordon Noel Byron (1788–1824), *Das Tal.* Aus: Bibliothek ausländischer Klassiker in deutscher Übertragung. 8 Bände. Hildburghausen. Verlag des Bibliographischen Instituts. 1865–1872. 4: Band. Childe Harolds Pilgerfahrt. Deutsch von A. H. Janert 1868.

Caesarius von Heisterbach (1180–1240), *Von Ketzern, die in Köln verbrannt sind.* In: H. Herles (Hg.), Von Geheimnissen und Wundern des Caesarius von Heisterbach, Bouvier, Bonn 1992, S. 159–160.

Giacomo Casanova (1725–1798), *Zum Ball an den kurfürstlichen Hof.* Aus: Ulrich Frank-Planitz (Hrsg.), Kleine Geschichten aus Bonn. Engelhorn-Verlag, Stuttgart o. J., S. 23–27.

Renan Demirkan (geb. 1955), *Auf dem Land.* In: Schwarzer Tee mit drei Stück Zucker. Goldmann, München 1993. (c) bei Kiepenheuer und Witsch, Köln 1991.

Hilde Domin (geb. 1909), *Köln.* In: Matthias Buth (Hrsg.), Rheinblick. Rheinland-Verlag, Köln 1984, S. 52. Aus: Gesammelte Gedichte. (c) S. Fischer Verlag GmbH, Frankfurt am Main 1987.

Fjodor M. Dostojewski (1821–1881), *Feuchte Hitze und hohe Preise.* Aus: Tagebuch eines Schriftstellers. Ausgabe 1980. (c) R. Piper & Co. Verlag, München 1977/1980.

Meister Eckhart (1260–1328), *Vom Nutzen des Lassens.* In: Deutsche Predigten, Insel Verlag, Frankfurt a. M., S. 57–58.

Günter Eich (1907–1972), *Blick nach Remagen.* Aus: Gesammelte Werke, Band 1: Die Gedichte. (c) Suhrkamp Verlag, Frankfurt am Main 1973, S. 35.

August Heinrich Hoffmann von Fallersleben (1798–1874), *Aus den Anfängen der Universität Bonn.* In: Diethard H. Klein (Hrsg.), Rheinisches Hausbuch. Rombach, Freiburg i. B. 1982, S. 59–62.

Georg Forster (1754–1794), *Der Kölner Dom. Das Jülicher Land. Auf dem Ehrenbreitstein.* Auszüge aus: Ansichten vom Niederrhein, Berlin 1800. In: Werke, Band 2, Insel-Verlag 1969, S. 404–405, 470–471, 386.

Christine Gasper-Binder, *rees am niederrhein.* In: Matthias Buth (Hg.), Rheinblick. Rheinland-Verlag, Köln 1984, S. 63.

Emanuel Geibel (1815–1884), *Der reiche Mann von Köln.* In: Beate Pinkerneil (Hrsg.), Das große deutsche Balladenbuch. Athenäum, Königsstein i. Taunus 1978, S. 387– 388.

Stefan George (1868–1933), *Kölnische Madonna.* In: Werke, Band 1. Verlag Helmut Küpper, München–Düsseldorf 1958, S. 333.

Johann Wolfgang Goethe (1749–1832), *Sankt-Rochus-Fest zu Bingen.* In: Eduard von Hellen (Hrsg.), Jubiläumsausgabe, Band 29, S. 191.

Jacob Grimm (1785–1863) und Wilhelm Grimm (1786–1859), *Die Pferde aus dem Bodenloch.* In: Deutsche Sagen. Reclam, Stuttgart 1985, S. 78–79. *Albertus Magnus und Kaiser Wilhelm.* In: Diethard H. Klein (Hrsg.), Rheinisches Hausbuch. Rombach, Freiburg i. B. 1982, S. 178–179.

Karoline von Günderode (1780–1806), *Der Dom zu Cölln.* In: Gedichte, Prosa, Briefe. Reclam, Stuttgart 1998, S. 93–94.

Gisbert Haefs (geb. 1950), *Ein freudiges Ereignis.* (c) beim Autor.

Johann Peter Hebel (1760–1826), *Kannitverstan.* In: Aus dem Schatzkästlein des rheinischen Hausfreundes. Reclam, Stuttgart 1999, S. 16–19.

Heinrich Heine (1797–1856), *Verfemt.* Aus: Der Rabbi von Bacharach, Reclam, Stuttgart 1994, S. 3–17. *Das Lied von der Loreley.* In: Dietrich Bode (Hrsg.), Deutsche Gedichte. Reclam, Stuttgart 1998, S. 178. *Düsseldorf zur Franzosenzeit.* In: Sämtliche Werke. Band 1, Reisebilder. Hamburg 1861–76.

Hildegard von Bingen (1098–1179), *Wasser vom Rhein.* In: Naturkunde. Das Buch vom inneren Wissen der verschiedenen Naturen in der Schöpfung. Otto-Müller-Verlag, Salzburg 1959, S. 59–60. *Offene Worte.* In: Nun höre und lerne, damit du errötest. Briefwechsel. Herder, Freiburg i. B. 1997, S. 175–177.

Guido Hildebrandt, *moers.* In: Matthias Buth (Hrsg.), Rheinblick. Rheinland-Verlag, Köln 1984, S. 51.

Friedrich Hölderlin (1770–1843), *Der Rhein.* In: Sämtliche Werke, Band 2, Kohlhammer, Stuttgart 1965, S. 149–156

Dieter Hoffmann (geb. 1934), *An Rhein und Ruhr.* In: Matthias Buth (Hrsg.), Rheinblick. Rheinland-Verlag, Köln 1984, S. 80. (c) beim Autor

Hanns Dieter Hüsch (geb. 1925), *Am Niederrhein.* In: Am Niederrhein, Eulen-Verlag, Freiburg i. B. 1990

Victor Hugo (1802–1885), *Schiffe auf dem Rhein. Ein Meer von Dächern und Türmen. Das Münster: ein Kästchen mit kostbaren Reliquien.* Aus: Diethard H. Klein (Hg.), Rheinisches Hausbuch. Rombach, Freiburg i. B. 1982, S. 40–42, 118–120, 276–281.

Armin Juhre (geb. 1925), *Wuppertal.* In: Matthias Buth (Hrsg.), Rheinblick. Rheinland-Verlag, Köln 1984, S. 50.

Erich Kästner (1899–1974), *Der Handstand auf der Loreley.* Aus: Erich Kästner, Gesang zwischen den Stühlen. (c) Atrium Verlag, Zürich und Thomas Kästner.

August Kopisch (1799–1853), *Die Heinzelmännchen.* In: Benno von Wiese (Hrsg.), Deutsche Gedichte, August-Bagel-Verlag, Düsseldorf 1965, S. 405–408.

Roger Manderscheid (geb. 1933), *1942.* In: summa summarum. Gedichte. éditions phi, Echternach/Luxemburg 2000, S. 47.

Karl Marx (1818–1883), *Gefahren.* Aus: Frühe Schriften. Erster Band. Herausgegeben von Hans-Joachim Lieber und Peter Furth. 1971 Wissenschaftliche Buchgesellschaft Darmstadt.

Christian Morgenstern (1871–1914), *Der Salm.* In: Rheinreise. Gedichte und Lieder, Stuttgart 1986.

Harry Mulisch (geb. 1927), *Rücken an Rücken.* Aus: Holland für Anfänger. In: Die Säulen des Herkules. Rowohlt, Reinbek 1999, S. 190 (c) Hanser Verlag, Reinbek

Klemens Peterhoff (geb. 1949), *Hexentreiben.* Auszug aus: Noviziat. Roman, in Vorbereitung (c) beim Autor

Hilde Rubinstein (1904–1997), *Im Dom.* In: H. Gröhler u. a. (Hrsg.), Beispielsweise Köln. Göttingen 1980

Friedrich Schiller (1759–1805), *Zu Aachen in seiner Kaiserpracht.* Auszug aus »Der Graf von Habsburg«. In: Benno von Wiese (Hrsg.), Deutsche Gedichte, August-Bagel-Verlag, Düsseldorf 1965, S. 315– 319.

Mathias Schreiber (geb. 1943), *Landschaft bei Dormagen.* In: Matthias Buth (Hrsg.), Rheinblick. Rheinland-Verlag, Köln 1984, S. 33 (c) beim Autor

Ludwig Soumagne (geb. 1927), *Transplantation. Verbeejonn* In: Matthias Buth (Hrsg.), Rheinblick. Rheinland-Verlag, Köln 1984, S. 17.

Friedrich Spee von Langenfeld (1591–1635), *Lob Gottes.* In: Carl Carstens (Hrsg.), Deutsche Gedichte, Bertelsmann, München 1983, S. 23–24.

Ernst Stadler (1883–1914), *Fluss im Abend.* In: Dichtungen, Band 1. Verlag Heinrich Ellermann, Hamburg o. J., S. 173. *Fahrt über die Kölner Rheinbrücke bei Nacht.* In: Dietrich Bode (Hrsg.), Deutsche Gedichte. Reclam, Stuttgart 1998, S. 265–266.

Publius Cornelius Tacitus (um 55–120 n. Chr.), *Die Grenzen Germaniens.* In: Germania. Reclam, Stuttgart 1971, S. 3–5.

Clara Viebig (1860–1952), *Die Zigarrenarbeiterin.* In: Kinder der Eifel. Rhein-Mosel-Verlag, Briedel (Mosel) 1998, S. 170–181.

Georg Weerth (1822–1856), *In einer bergischen Spinnerei.* In: Sämtliche Werke in fünf Bänden. Berlin 1956–57.

Rumjana Zacharieva (geb. 1950), *An einem heißen Julitag.* In: Die geliehenen Strapse. Kurzgeschichten. Avlos Verlag, Sankt Augustin 1998, S. 48–51.

Carl Zuckmayer (1896–1977), *Sprache, Strom und Leben. Mainz, versunkene Stadt.* Aus: Gesammelte Werke in Einzelbänden. Hg. K. Beck und M. Guttenbrunner-Zuckmayer. Betrachtungen. 23–25, 28–36. (c) S. Fischer Verlag GmbH, Frankfurt am Main 1996. *Alter Adel.* Auszug aus: Des Teufels General. Aus: Gesammelte Werke in Einzelbänden. Hg. K. Beck und M. Guttenbrunner-Zuckmayer. Des Teufels General. Theaterstücke 1947–1949. (c) S. Fischer Verlag GmbH, Frankfurt am Main 1996.